DEPOIS DE MORRER ACONTECERAM-ME MUITAS COISAS

RICARDO ADOLFO

死んでから俺にはいろんなことがあった

リカルド・アドルフォ
木下眞穂 訳

書肆侃侃房

世界がいかに小さいかをぼくらに教えてくれた
エディッテ・ドス・サントス・ロペスに

もくじ

「私を元気づけるこの憂鬱について
毎日神に感謝している」

m. r. t.

ア・ナイファ

死んでから俺にはいろんなことがあった

Funded by the DGLAB/Culture and the Camões, IP – Portugal
本書は、ポルトガル政府の翻訳出版助成制度から助成を受けて出版された。

REPÚBLICA PORTUGUESA
CULTURA
DIREÇÃO-GERAL DO LIVRO, DOS ARQUIVOS E DAS BIBLIOTECAS

CAMÕES
INSTITUTO DA COOPERAÇÃO E DA LÍNGUA
PORTUGAL
MINISTÉRIO DOS NEGÓCIOS ESTRANGEIROS

装丁　成原亜美（成原デザイン事務所）
装画　小山義人

1　ツキを呼び込む

もう行こうよ、とカルラに声をかけた。

うんうん、もう行くから、カルラはそう言いながら、掘出し物に気を取られてまだ大通りから一本入った路地でぐずぐずしている。かれこれ三時間もここをぶらついている。何もかも二度見どころか三度も四度も見た。見るものがたくさんあるからってわけじゃない。このところ、この大通りはどんどんスカスカになってきている。店は開けるより閉めるってのが最先端の流行らしい。ショーウィンドウには、きっちり締めた財布の紐も思わずゆるませる素敵な品物なんてありゃしない、その代わりにもう売り物は残ってないのを隠すためか、板を釘で打ちつけて中が見えないようにしてる店もあった。

路地の反対側にはいろんなガラクタを売っている怪しげなバラックが二軒並んでいた。片方はいかにも即席で店をやってるって感じで、その脈絡のない品揃えは、寝泊まりしているキャンピングカーの中身をそのままぶちまけたって感じだ。魚の干物、バケツ、かご、乾電池、犬用の骨型おもちゃ、レンズ豆、だれがこんなの買うってんだよ。隣の店は一応鞄屋ってことらしく、バッグだの、車輪がついていたりついてなかったりの旅行鞄だのが売ってはいるものの、それでもやっぱり品物の揃え方に一貫性がなく、あっちこっちの鞄屋の廃棄寸前の品物が集まって、みんなで最期の時を待っている風情が漂っていた。俺はその後ろで息子と石を蹴っていた。おむつが取れたころから息子には左足のクロスを練習させている。別に息子に億万長者になって車だの家だの船だのを集めてモデルの女たちとつきあってほしいとは思わないが、まあ、なってくれたらなってくれたでかまわない。脚は両方使えるにこしたことはない。

　靴がだめになるじゃないのとカルラはぶつくさ言い、トレーニングはやめてママのそばにおいでと息子を呼んだ。カルラは、バラックのおやじが売りつけようとしているやたらでかい赤いスーツケースをどう思うかと俺に聞いてきた。別にどうも思わなかった。今後の移動の予定としては地下鉄で家に帰るだけだし、家に帰ればほかに鞄はある。あれは壊れてるでしょ、とカルラは言う。それに、このスーツケースはすごく大きいから普段は衣装箱にもなるし。これ、外側にも内側にもポケットがある。合鍵もあるし、車輪はどの方向にも自在に動く、お買い得じゃない？　と、店のおやじがメモに書いて押しつけてくる数字を見てカルラは言う。俺に言わせりゃべらぼうに高いんだが、とはいえ、カルラが言うように、俺はそもそもスーツケースがいくらするかなんて知りもしない（だったら最初から聞いてくるなよって話だが、まあ、もうそういうのにも慣れた）。カルラを俺の腹でつついて、ちょっと頭を冷やせよとサインを送ってみた。いまここで急いで決めなくても。時間もないんだ、そろそろ動きたいんだよと言った。この後、バルにちょっと寄りたいんだ、近所のだれかから仕事の話が降りてくるかもしれないからな、と。どんな仕事さ、とカルラは聞いてきたが、詳しいことはよくわからない、だからこそ行ってみるのが一番なんだと答えた。それなのにカルラはこっちを見もせず、どうせサッカーが目当てでしょ、とつぶやいてまだチビの服の値踏みに忙しい。当たらずとも遠からず、俺は黙った。バルに寄るならついでに試合を見ようとは思っていた。べつに悪いことをするわけでもなし、大陸のくにのチームがこの島まで来てやつらをへこますかもしれない、そんなことはそうしょっちゅうあることでもないし。

そもそもカルラにはわかっていないのが、バルのテーブルなんかでは、二、三人で囲んでいれば話もはずみやすい、ひょっこりうまい話が入るかもしれない、ってことだ。ようは、袖触れあうもなんとやらってやつだ。サッカーを一緒に観ていて楽しい男なら、配達やら、倉庫の掃除やら、壁かなんかの取り壊しをやらせてもいけるんじゃないかって思われるかもしれない。なんでも、日払いの仕事だ。時給制のきれいな仕事。そこは妥協なしだ。

店のおやじはどうやら俺には色がないと見たらしい。カルラに近づくと、どうやってもう一つのバッグを二つに畳んでうまい具合にスーツケースの上に乗せられるかをやって見せた。よく客室乗務員とかビジネスマンとかが抱えているような小さいバッグだ。一つだっていらないっていうのに、二つめもついてくるってのか。さらには、ええいおまけだ、とばかりに番号式の南京錠までつけてきた。もうしばらくしたらこの店ごと背負って帰るはめになるぜと、カルラには聞こえないように口の中でつぶやいた。実際、あのスーツケースに入れるだけの何を持っているってんだ。出かける場所だってないのに。

靴の履き心地を試すように、スーツケースも試せるらしい。カルラはスーツケースを引っぱって坂道を上ったり下りたりしてみた。舗道を下り、また上って戻ってくる。ジグザグに歩いて車輪の具合を見る。チビが中に入ろうとするのを、むりむり、入らないよと押し止めているが、それは嘘だ。うちのチビ二人分くらいは軽く入りそうに大きいんだから。で、カルラは相変わらずつんとすましている。まあ、実際にカルラには似合っていた。いつもより若く、しゃきしゃきした女に見える。とはいえ、そんな目をして俺を見つめたって無駄だ。何がなんでも、首を縦に振るわけにはいかない。それを持ってるおまえはちょっと違って見える、とか、外国でいい暮らしをしてるって感じだぜ、なんて甘い言葉を期待しているならお門違いだ。

俺だったら、どこかに出かけるときは、持ち物は服のポケットに詰め込む。入りきらなければリュックに入れればいい。だがカルラは、もう決めた、こんなお買い得を逃す手はない、この不景気ではこんな出物はもうないと頑として聞かない。これを持ってくにに帰ったら、みんなが振り返ると思わない？　そうだろうな、と俺は言った。ついでに豚も一匹いれときゃみんなの目は釘づけだな。その冗談つまらないからね、と無言で俺に告げてカルラは心を決めたらしい。不景気だからこそ、こんな無駄遣いをすることないだろと忠告しても知らん顔だ。何かいいものを買おうってずっとお金を貯めてきたんじゃない、だと。この転がる衣装箱こそへそくりの使い途にぴったりというわけか。貯めた金だけじゃない、自分が稼いだ金をどう使おうがつべこべ言われる筋合いはない、ってことを俺の頭に叩き込んでおいてやろうと思ったんだろうな。ブランドだかなんだかのスーツケースなんて悪目立ちして、くにの空港に着いたとたんに盗まれるのがおちだ、と俺はしつこく食い下がった。はいはい、予言ですか。カルラは一言言い放ち、小銭入れにきっちりと畳んで入れてあったお札を引っ張り出した。

ここまでくればしかたない。無駄と知りつつ、急いでくれよ、それだけ言って息子を抱いて待った。買いたいなら買えばいい。だが、いい加減におやじとのおしゃべりはおしまいにしろ。たかがスーツケースの一個、店のおやじに愛想ふりまいてどうするつもりだ。お前の願いを叶えてくれたわけでもあるまいし。それどころかお前が何を言っているかなんて、おやじは一つもわかってねえよ。そんなの、工場直売で買えば同じ値段で十個は買える。なんなら、どの工場に行けばいいか教えてやろうか。

これ以上気まずくはなりたくなかったし、つべこべ言われずになんとかバルに立ち寄りたかったから、カルラに息子を渡して代わりにスーツケースを持ってやった。俺なりの仲直りの申し出をカルラも理解して、大人しく従った。さっきはカルラが自分のやりたいようにやったんだから、次は俺が好きに金を使わせてもらう番だ。

と思っていたのに、スーツケースを引っ張って歩きはじめたら俺の気分も急上昇した。偉くなり、旅慣れてる長身の洒落た男になった気がしてきた。これまで面白おかしく過ごした場所を後にして、さらに面白おかしい場所へと向かう男みたいじゃないか、なんてことは口が裂けてもカルラに言うつもりはない。さっきから五分と経ってないのに、それ見たことかという顔をされるのはごめんだ。胸を張って歩きながら、俺は通りに人がまばらなことを生まれて初めて残念に思った。このスーツケースは、実際のところなかなか格好がよかった。車輪も調子よく転がるし、持ち手も丈夫だ。もしかしたらくるくる回るかもしれない。こりゃあ本当にいい買い物をしたのかもしれない。カルラはそういう女だ。ツキを呼び込む。もう一個の小さいバッグも買えばいいと言ってやればよかった。あっちのは、買い物や公園に行くときなんかにぴったりだ。チビのおやつを入れたり、新聞だの豆の缶詰だの牛乳だのを運ぶのに使える。パンなんかを差し込んで持って歩いたら、かなりセレブっぽいだろう。

どんな感じ、とカルラが聞いてきた。
何が?
なんだと思うの?
このスーツケースのことか?
違うわよ　あんたって小っちゃいよねって話
まだまだ小っちゃくなれるぜ
でしょうね
おい　嫌味もたいがいにしろよ
スーツケースのことよ　車輪がついてるから運びやすいでしょ
まあまあだな　もう少し軽けりゃ助かる

助かるって？

走ったりするときに

そのスーツケースを持って、走ることなんてある？

飛行機に遅れそうだ　なんてときにな

これは機内持ち込みできないでしょ

しかし、俺にはしゃべっている余裕なんてなかった。ぺらぺらしゃべりながら手はうまいことスーツケースを転がすなんて芸当は俺には無理だ。ちょっと偉そうに、早くしろ、とカルラを一喝してから口をつぐんだ。エグゼクティブっぽいバッグじゃないが、これを持ってバルに顔を出すのもいいかもな。カルラとチビとは途中で別れる。カルラ一人ではチビも荷物も、は無理だから、俺は荷物を引き受けて、急げば後半戦にまだ間に合うかもしれない。その荷物はどうしたと聞かれたら、ちょっと旅行していて空港からまっすぐ来たんだと言えばいい。くにかどこかに飛行機で行っていたということにしてもいいかもしれない。お、こいつちょっと違うなと思われるんじゃないか。

　俺の文句を聞いて、カルラはまだ開いているほかの店先を覗くのはあきらめ、みんなで三駅分歩いていつもの地下鉄の駅へまっすぐ向かった。いつもとは違う線で帰ることもできるんだろうが、危険が多すぎた。いろんな色の路線が入り組んで乗り換えが複雑な地下鉄は、俺たちみたいに不慣れな人間を待ち構えている罠みたいなもんだ。歩くついでにカルラはまだちらちらウィンドウを見ている。次に来たときに閉まってる店ばかりの通りを避けるために頭の中で地図を描いているのだ。

駅に入るときには荷物を抱え上げて自動改札の遮断機の向こう側にまず置いた（さっき言った通り、やっぱりあと三百か四百グラム軽けりゃもう少し楽だったのに）。それからカードをチビに渡した。チビはカードを通すと魔法のように改札が開くのでいつも大喜びする。なんでもできるカードだと思っているみたいだ。なぜこれで家の玄関が開かないのかが不思議なようで、廊下をずんずん歩いていって他の家の玄関が開くかどうか次々に試し、そのうちに自転車やテレビの部品が捨ててあるのを見つけると、カードはその場で床に落っことして遊びだす。五分前に始めたばかりのミッションのことはもう忘れている。もう少し一つのことに集中させて、やると決めたことは最後までやることを教えなきゃならないと思っている。あんなにすぐに気が散るのは、いくらなんでも幼稚すぎる。

さっき思ったとおりだ。車つきのスーツケースを持ってエスカレーターに乗るのは相当骨が折れる。狭すぎる段の上でブレーキのない車輪がくるくる滑ってどうにも具合が悪い。しかたない。前が見えなくなるのを承知で、俺はスーツケースを抱え上げた。最後の段が来たらカルラに合図をしてもらい、先が見えないまま一歩を踏み出すことにした。

地下鉄の中では、隣に座る女の脚に触れないようになるべくカルラにくっついて座った。地下鉄は深々とため息をついて、ドアを閉めて出発したかと思うとすぐに止まった。急なブレーキで大きく揺れたので、隣の女は手に持っていたカフェオレを首筋にこぼしてしまった。女は周囲に構わず、大きく舌打ちした。まただよ、まともに運転もできないんだから、というようなことを呟いたんだと思う。拭き忘れたコーヒーがゆっくりとつたい落ち、胸元で止まるとそこで染みになった。

俺は周囲を見回した。なんでもなさそうだ。電車が詰まってるわけではないみたいだし、飛び込み自殺でもないようだ。飛び込むなら、普通は電車がホームに入るときだもんな。だれも電車が止まったことを怪しんではいないようだ。俺は地下鉄に慣れてないからすぐあたふたしちまう。俺は、いつもはどこにでも歩いていく。遠いときにはバスを使う。地下鉄より時間はかかるが、快適だし安い。実際のところ、遠出は一度しかしたことがない。ときどき遠出をするやつは一人、二人知っているし、そのほかのやつらも、どこかに行くなら船がいいという意見で一致している。

カルラは黙っていた。とにかく早く家に帰りたい様子だ。もう一度黒く塗ったまぶたを閉じて、チビの頭を自分の胸に引き寄せた。チビの体温が余計に眠気を誘うんだろう。チビは母親の胸で鼻をこすって、ピンクの超ミニスカートの下にはいたグレーのレギンスの上によだれをたらした。太腿も腹もだいぶたっぷりしてきたが、カルラの脚はまだきれいだ。色気は褪せてない。ワイヤー入りのブラジャーをつけると、胸はぴんと上を向き、重力も年齢も関係ない世界に生きているみたいになる。

母親の胸で鼻を拭いている息子をぼんやり見ていたので、頭上のスピーカーから聞こえてくるアナウンスに最初は気づかなかった。無愛想な声音で何かをいろいろとがなりたて、もう一度同じことを繰り返している。コーヒー染みの女は不機嫌に席を立ち、カフェオレを見つめながらのろのろと出ていった。あの顔ではいいニュースではなさそうだ。俺は禿げた頭に手をやり、そろそろカルラに散髪を頼まなきゃならない残りわずかの後ろ毛を引っ張った。それから首の左側をもみほぐそうとしたが、うまくできなかった。外国語でなんだか書いてあるこの赤いセーターはこの前、近所のコインランドリーで乾かしたら縮んでしまって腕がうまく伸びないのだ。

ぽかんとしている俺たちをよそに、車内に残る人はまばらになってきた。一緒に座っていた人たちも、もう一度やかましくアナウンスが響くとしぶしぶ立ち上がり、この車両がまた動くという望みは消えつつあった。アナウンスで何を言っているのかは皆目わからなかったが、スーツケースを手に取って、俺には意味不明の言葉で島民たちが話し込んでいるプラットフォームに降りた。やつらに慌てた様子はない。この種のことに慣れているみたいだ。カルラは俺の後についてきて、一生懸命スカートをひっぱってレギンスの染みと尻を隠そうとしていたが、太った尻はそう簡単には隠れない。ポテトチップスの食いすぎだと俺は前々から言っているんだ。一日に十二時間働いてはいても、あれだけの脂を燃焼できるはずがない。脂ってのは、一旦体内に入ってくると、そのまんま身体のどこかに落ち着き先を見つけるもんだ。

そのスカート　そろそろきついんじゃないか
何よ　あたしが太ってるって言いたいの？
そうじゃない　スカートの話だ
このスカートは前から穿いてるもの
それならいいよ　でも、地下鉄で何かあったみたいだ
話をそらさないで
そらしているんじゃない　ここから出ろと言ってるみたいだ
そう言ってるの？
よくわからん　でも次のがもうすぐ来るんじゃないか

と言いつつも、この車両がここに居座っているのに　どうやって次のが入ってくるのかは見当もつかない。いずれにせよ、この車両はこれからどこかには行くわけだからカルラにもう一度中に入って待っていようと言った。

車両に入ろうなんて客はほかにだれもいなかったので、俺たちは衆目の的となった。カルラは俺の考えには耳を貸さず、入ろうとしなかった。だが、車両はまた動き出しそうな音を立てていたし、そうすればはしこいやつらや子ども連れじゃないやつらがさっさと乗り込んで俺らは立って行かなきゃなくなるだろう。それはおかしい。もともと座っていたのは俺たちだ。権利があるのはこっちの方だろう。大きな荷物を抱えているうえ幼児もいるんだ。三席分の権利はあるはずだ。だが、俺は島民をよく知っている。いつもはすましているくせに、席を取るためなら、そろそろフライパンに入れられる頃と勘付いた鶏が逃げ出すよりも素早いからな。

俺たちはもう一度車両内に入った。窓の外から島民どもがこっちをじろじろと見てきやがった。車両に戻るという決心をつけたのは、俺たちだけだった。みんなに見られて緊張したカルラは毛先のカールを指で伸ばしていた。俺自身はストレートな髪のほうが好きなんだが、どうやら最近は毛先だけをカールさせるのが流行らしい。流行という言葉には太刀打ちできない。

　カルラには心配するなと言い、不安がる一方のカルラとは反対に、俺はますます自信を深めた。それでもカルラは反対した。まあ、これはうちでよく見る光景だ。立ち上がっては座って、うろうろと歩き回り、もう一度、出ようと言ってきたが、残念、俺にその気はない。今度は、母親としての権限を振りかざしてきたが、それは俺の火に油をそそぐようなものだ。それを言ったら俺は一家の父親だ。しかも俺たちのくにでは昔から一家の主がこうと言えばこうなのだ。目を覚ましてよ、とカルラは言った。ここがくにだとでも思ってんの、あたしはあんたのママじゃないのよ、そう言い捨ててチビを抱きかかえて車両から降りた。

　俺はそっちを見もしなかった。スーツケースを抱えたままじっと座っていた。あれははったりだ。ただの脅しに違いない。三つ数えるまで待ってやろう。俺の方が正しいに決まってる。絶対そうだ。車両がプシューと音を立てた。ほら、見ろ。ドアが閉まった。と、突然俺はすべての自由を奪われた。向こう側ではカルラが、必死になって俺を助け出そうとしている。そこに、寝間着みたいなシャツを着ている髭面の一団が手を貸そうとしてくれていたが、ドアは開かなかった。カルラは窓ガラスをたたき、とても上品とは言えない言葉で俺の知性を完全に否定してきた。カルラの後ろに、げんこつを口に突っ込んで笑いをこらえている女が見えた。クソ女。一家の主が捕らわれて終点まで連れて行かれることの何がおかしいんだ。どこもおかしくなんかない。ここから出られたらまっすぐ女のところに行って正面から罵ってやる。クソ女。

馬鹿女ですって？　カルラは俺に向かって怒鳴ってきた
馬鹿女じゃない　クソ女だ
ひどくない？
馬鹿女じゃない　クソ女だ　それにお前のことじゃない
馬鹿はあんたでしょ　だまんなさいよ

何を言っても無駄だ。もう誤解されたままにしておいた。地下鉄は動き出した。プラットフォームでこっちを見ているやつらの顔を見てどれだけ自分が阿呆だったのかわかった。終点についたら俺は見つかり、罰金を払わされ、捕まえられ、殴られるだろう。終始、理由もわからないままに。言い訳もできないままに。万が一逃げられたとしても家までの帰り道がわからない。奇跡が起きて今晩じゅうに鍵をうちの玄関につっこめたとしたら、今度はカルラの言うことを聞こう。近所のやつらの言うこともだ。予感ってやつがまた俺を裏切りやがった。俺のことは信用しちゃいけない。いつでもへまばかりするんだから。カルラと口をぽかんと開けたほかのやつらの姿がどんどん後ろに下がっていく。地下鉄がリズムを刻みはじめたところで、俺は警報を鳴らす紐をひっぱった。赤い輪っかを握りしめ、七十二キロの体重すべてをかけて、警報が鳴り響くまで金属製の紐を引っ張り続けた。

　急ブレーキで倒れないように輪っかにしっかりつかまりながら、警報の音がくにで走っている電車のとは違うんだなと思った。ガキの頃、友だちとつるんで、村から家まで歩きたくないからと橋を渡ったところで電車をよく止めたもんだった。緊急停車はそうしょっちゅうあることではないが、戦争で片足を失くしている車掌は、俺たちを叱り飛ばしてもう危ないことはしないと約束を俺らにさせるくらいで済ましてくれた。だが、小山を削って住宅地を造るコンクリートミキサー車や大騒音を立てて動く重機の間をぬっていくうちに、そんな約束は秒で忘れ去られた。そこは週末になると通っていた冒険の園で、高く積んだ砂山から飛び降りたり、落ちている鉄材で決闘をしたり、工事現場での追いかけっこをしたり、とうとう最後は骨が飛び出して救急外来に運び込まれるやつもいたっけな。

　スピーカーから聞こえてきた声が、今度はガーガー言う機械ではなくて、首が短くて骨太な身体と一緒になって、俺の目の前に現れた。向こうも相当頭に来ていたらしく、ものすごい早口でいろいろなことを言ってきた、が、俺には一言もわからなかった。二つ三つの、ある音を何度も何度も繰り返した。どの音も感じが悪く聞こえた。しぶしぶと言った感じでドアを開け、運転席の方に戻りながらも、さっきと同じいやな音をずっと立てていた。俺は何度も謝り、もう二度とこんなことはしないと誓い、カルラの側に行こうとした。思いがけずカルラは俺のことを叱り飛ばしはしなかった。さっきの車掌にはまるで通じなかった言葉でまた謝った。カルラはちょっとずれて、俺に殴りかかるのを自制するためにチビを膝に抱きあげた。結局、あのクソ女をクソ女と呼ぶことはしなかった。さっきの俺は本能に従って、終点まで連れて行かれるところだった。だから今回はクソ女と呼びたい本能に逆らってやるのだ。これからは自分が正しいと思う正反対のことをやるようにしようと心に決めた。やめた方がいいと思うことをして、結局はよい結果を得られるならそれにこしたことはない。

穴だらけの駅の天井からまた声が聞こえてきた。何を言ったか知らないが、突然プラットフォームにいたみんながわらわらと動きだし、みんな、戦争からこっちずっとそこにあるのかっていうような穴の一つに吸い込まれるようにして消えていった。俺とカルラには、アナウンスは一文字もわからなかった。外国では、いろんなことが字幕なしで起こるってことだ。

もう一度カルラと話し合おうとしたが、こっちを完全に無視して、ジュースとチョコレートの自動販売機の横のベンチに陣取って座り込んだ。ごめんって、と俺は謝った。しかも一回だけじゃない。何度も謝った。膝をつくまではしなかったが、頭は下げた。甘ったれのお嬢さんは上目使いで俺を見ると、ぷいと背を向けた。俺たちが持ってないものばかりを一日中眺めて歩いた脚が重たいんだろう。俺はベンチの隣にスーツケースを寄せて置いた。世界がどこに向かって流れていったのか全く見当もつかなかったし、見当をつける術もなかった。もしかしたら無事なのは俺たちだけなのかもしれない。もう一度、それが本当になるように願って繰り返し言ってみた。そうしたら地下鉄が来るかも。それとも、カルラが立ち上がって、こっちだよ、行こう、と言ってくれるかもしれない。

2　やりすぎだよ

家から出ないほうがいいと俺にはわかっていたんだ。テレビでも観ていれば、途中下車させられるはめにはならなかっただろう。だが半年ばかりも島で暮らしているうちに、どんなに閑古鳥が鳴いている通りであっても、カルラはどこかの大通りをうろうろして日曜日を過ごしたがった。俺は別にどうでもよかったから、一緒に出かけてカルラの後をよろよろとついて歩く。長い間家に閉じこもっているもんだから、どうも最近はうまく歩けなくなってきた。もちろん、歩くのは歩ける。ただ、昔みたいに自然に歩けなかった。歩き方も変わった。昔みたいに、しっかりとした足取りでずんずん歩くことができない。道行く人たちみんな知り合いで、どの道のことも知っている人間の歩き方じゃなくなったんだ。いまの俺の歩幅は狭く、びくびくしながら、両脚とも緊張で硬かった。足の下ろし方も変だし、すぐつまずく。みんなわざわざ俺にぶつかりに来ているんじゃないかと思うくらいだ。どうにか一人をかわしたと思ったら今度は次がぶつかってきて、罵られる。俺は、クソ野郎、と返してやるんだ。相手に理解されないように、にこやかに。

だが、これはやりすぎだよな。俺という人間について、ご丁寧にここまで具体的に説明してくれることはなかったのに。俺にだってよくわかっている。通りの突き当りのバルにも、地元チームのスタンドにも俺の居場所はない。庇のついた駐車場もないし、五時十七分発の電車に乗って、自分の駅までトランプをして過ごせるお決まりの座席もない。中央広場の銀行に俺の口座ファイルはないし、ビデオクラブやガソリンスタンドのメンバーズカードもない。俺はこの人間じゃないんだ。俺は存在していない。だが、死人のまま生きるのに慣れることなんてできやしない。

かてて加えて、島の車は反対側を走る。前に聞いたことがあるが、なんでもこれはじっさまのじっさまの頃からの伝統らしい。あまりにもしょっちゅう馭者が往来で殴られたり刃物で脅されたりするもんで、荷馬車を左に寄せて走らせるようになったんだとか。そうすれば、だれかが襲ってきても右手で応酬できる。

カルラの方向感覚は、いつも俺より優れている。それなのに、自分で覚えなきゃだめと言ってわざと俺に道を教えようとしない。気づいていないふりをして、息子の手を握り、ついでに店のウィンドウもしっかり目に入れながら、うまいこと人ごみを縫うように進んでいく。生まれて初めて歩いたのはこの通りだったのよとでも言わんばかりにリズムよく踵を鳴らすカルラの尻は、歩くたびにきゅっと動く。まったくいい女だ。ウィンドウの前に立ち止まっているのはさりげなく俺が追い付くのを待っているのだ。俺の気配を感じるとまた先に歩いていってしまう。そんな風に追いかけっこをしながら俺たちは何時間も過ごした。ときどき、俺は一人で考え事がしたくて知らない細道に入ったりもする。大通りより歩行者も買い物客も少ない場所だ。そうして俺はゴミ箱の後ろでじっと突っ立っている。雨が降ると、と言ってもここではほぼ毎日雨なんだが、さらに面倒が増える。みんな、傘を水たまりにつっこんだり、濡れた新聞やレジ袋で足を滑らせたり、全体的にうんざりモード満載になる。うっかりぶつかると、雨の重さのせいで余計に痛い気がする。

今日の拷問の締めくくりとして扉が閉まる音が始まった。鉄格子が上から勢いよく降りてきて、床に当たってがしゃんと音を立て、壊れもせず止まった。閉め出されたところで、俺たちには地下鉄を待つ以外にない。いつも乗る地下鉄は途中から地上に出て普通の電車になり、通常だったら四十五分で家の近くの駅に到着する。駅から家までは歩いて十五分。インド人の教会を過ぎ、消防署のある通りをゴミ捨て場まで歩いて、駐車場を左に折れて宝くじ売り場を通り過ぎ、もう少し先の、携帯電話のブロック解除をしてくれ、割安でくにまで電話がかけられるテレフォンカードを売っている店（とは言え、俺たちは滅多に電話をかけない。割安であろ

う と高いものは高いし、電話してもどうせ最後は涙涙で終わるんだ)、そうしたら家に着く。

カルラはベンチのすぐ隣にあるチョコレートの自動販売機につられ、ダイエットを忘れて思わずチョコを二つ買い、一つは俺に渡してもう一つは自分とチビで半分こにした。チョコで喉がつまったが、水も、ジュースを買う小銭もない。一気に食ったことを後悔して、また自分の欲望の赴くままに動いたから、下手をこいたんだと気づいた。俺は、やりたいと思ったことを、ついやっちまう。これからは、本気の本気で気をつける、と自分自身に約束した。どんな瞬間でも自分の意志にそむくようにしていたら、そのうちに慣れて、一個くらいはいいことがあるだろう。ただ、それも簡単じゃないはずだ。

蛍光色のベストを着たおばちゃんが箒を片手に俺たちを駅のホームから掃き出そうとしたときも、俺は意識を集中させた。本能は、このまま地下鉄が動き出すのを待ってろ、と言っていた。だが、おばちゃんの身ぶりと、ここには俺たちしかいないという事実が、ここにいてもおそらく無駄だということを告げていた。いつもの俺だったらこのまま残ったと思うから、出ていくほうが正解なんだろう。一方で、おばちゃんが俺たちに出ていけと言っているのだとすれば、忠告に従うのが正しいと俺は思う。だとすれば、その反対にここで待っている方がいいんじゃなかろうか。ここでまた振り出しに戻る。この新しい考え方は実に面倒で時間がかかる。箒のおばちゃんも同じように感じたと見える。タイル壁の小さな扉を開けて電話をかけると、たちまち男が現れて俺たちはどこだか見当もつかない通りに追い出されてしまった。腹を立てたカルラは、中に戻ろうとする男を改札まで追いかけて、ごく当たり前の、簡単な質問をした。どの質問もしかるべきものだったが、返事はまったくなかった。

俺はゆっくりと通りに出て、静かに俺たちを見張っている監視カメラから遠ざかった。あの黒いレンズの向こうではフィルムが回り、俺らが立ち去るのを追っているはずだ。俺はどんどんカメラから遠ざかった。さりげなさをよそおって壁の側では背を向けて、チビが歩道脇の芝生の坂を転がり落ちないようにしっかり手をつかんだ。チビはそっちに行きたがったが、俺は力を入れて離さなかった。とはいえ、もしも俺らがこの近くのアパートに住んでいたとしたら、明日の朝にはまたここに来て、どうやってうまく転がり落ちるか、どんなふうに肘をたたんで世界最速人間樽に変身できるかを教えてやったろうなと思った。

俺らの家の近くには芝の斜面はなかった。二段ベッドから外したマットを斜めにして滑り台を作ってやるくらいしかできない。カルラは激怒したが、チビは狂喜した。プライベート滑り台が部屋の中にある家がほかのどこにあるってんだ。それを言ったら、台所と居間と玄関口とベッドがみんな一つ部屋に収まっている家もそう多くはないだろうな。俺らが住んでいる部屋はちょっとしたからくり部屋だ。どの隅にもそれぞれれっきとした役割がある。ミニ冷蔵庫はベッドに入ったまま開けられるし、外に出るにはベッドの上を乗り越える。タンスは食事時にはテーブルに、テレビ台は椅子になるし、洗濯をぶらさげる紐は電気紐にもなるし子どもの絵もぶらさげられる。ベッドサイドテーブルはまな板代わりにも使えるし、台所マットは寝室と居間のカーペットも兼ねている。だれかが鏡を覗きこめば、それで肖像画の代わりになる。棚には救急箱もコップも皿もフォークやナイフも置ける。足りないものは一つもない。道端で寝るしかないやつが大勢いるのに、あの家賃でこの家具付きのスイートルームを借りられたことは宝くじなみにラッキーだったと思う。近所の雰囲気もいいいし、静かだし、玄関を出た途端にナイフを突きつけられような地域でもない。島の通りはく゛により゛ずっと危険で、角ごとに設置されている何百という監視カメラもたいして役には立たず、犯罪発生率は上がっていく一方だ。カメラなぞ、役に立たないだけでなく、撮られたくない人間の日常生活には支障をきたす。俺みたいにシャイな人間は、パーカーにキャップでもかぶって歩くしかない。

このままでは迷子センターに行かなきゃならないなとカルラに言った。カルラは、駅員に文句を言われる筋合いはないんじゃないかと、もう一度改札まで戻って説明を求めに行ったが、こっちに帰ってくる顔を見るとどうもうまく通じなかったみたいだ。島民はとことん当てにならない。こっちが話していることは一言も理解しようとせず、答えを返す段になるとそれぞれがやたら独創的になる。わざとじゃないのかもしれないが、たとえばここにある瓶の中の透明な液体はなんだと聞くと、みんな違う答えを言うものだから、最後まで中身は水なのか、火酒なのか結局わからずじまいだろう。やつらに訊ねたおかげで、バターの代わりにチーズを、塩の代わりにうちにはありもしない食器洗い機用洗剤を買ってしまったのは一度や二度じゃない。

カルラは息子の側まで来ると、膝の汚れを払ってやり、途方に暮れた目でチビを見つめた。そろそろ眉間に生えている毛を抜いたほうがいい、とは思ったが、口には出さなかった。俺はカルラに向かって斜視の目でほほ笑んだ。恋人時代だったらロマンチックな微笑みだったかもしれないが、この時には、かなり間抜けなにやにや笑いに見えたことだろう。俺ってやつは、物をまっすぐ見ることすらできないんだ。

白い空が黒っぽくなってきて、また雨が降ることを告げていた。六時過ぎだ。まるで午後三時のようでも午前九時のようでもある。島の空を見ても時間はなかなかわからない。白い空が黒っぽく汚れているか、でなければただ黒く汚れているだけだ。星が落っこちてくる心配もない黒さ。その黒さがそこにあった。

俺たちは駅の入口まで早足で戻った。空からぽつぽつと落ちてきたしずくのおかげで、これからどうするかの決心を後伸ばしにできた。改札の男が雨の様子を見に来たふりをしながら出てきて、そのあたりを二周もすると何か言いながら壁の時計を指さした。何を言いたいのか俺にはわからなかった。カルラにもわからなかった。俺のポケットに入っている小さな折り畳み傘に三人が身を寄せ合って歩き出すのはうまい考えじゃない。だいたい、歩き出すには目の前のよく似た三本の通りのうちから一本を選ばなきゃならない。そいつがインドに続くか、アメリカに続くかもわからないってのに。

カルラは正面の道をまっすぐ行くのがいいんじゃないかと言い、俺は左回りに曲がっている道がいいと思うと言った。その方が自然だからだ。北がどちらかさえ間違えていなければ、南は右手、つまり我が家の方向になるはずだ。まっすぐの方がいい、とカルラは言い張った。そいつは間違いだとわかってはいたが、どう説得するのかがわからない。そのとき、さっきの新しい決まり事を思い出した。最初に俺が右だと思ったとすると、そいつはやめておいた方がいいということになる。すると、選択肢は三本から二本に減る。その片方は、俺の勘が正しければ、北に向かっているので、そっちではないということだ。家は南にあるんだから。ところが、俺の勘が間違っているとすれば、北が南にあるということになり、右じゃなくて左の道ということになる。俺が左を選ぶということは、右の道を行けということだ。カルラが言い張る正面の道は論外だ。

とはいえ、これまで俺の言う通りにしてドツボにはまることが多かったので、結局カルラの言うとおりの道を行くことにした。俺たちはまっすぐ歩きはじめた。待てよ、てことは、この方向が進むべき道だとすれば、俺らの家は反対方向にあるということになるじゃないか。俺たちはそもそも出口を間違えていて、それが混乱のもとだったんだ。カルラは突然回れ右となるとは思ってもおらず、斜めを向いた俺の目を覗きこんで本気かどうか確かめようとした。そのあと、三人で反対側の出口に出る駅の地下通路を降りていったが、さっきの男が一刻も早くここから立ち去れといわんばかりにずっと俺たちのことをにらんでいた。ここはお前の家かよ。反対側の出口からなら俺たちの馴染みの場所に出るか、もしくは近所のだれかに出くわすかもしれない。ご近所さんとは身ぶりや顔の表情でお互いに問題なくコミュニケーションが取れている。彼らもそろそろ帰る頃なんじゃないか。だれかがいれば、挨拶をして後をつければいいだけだ。にこにこして何度もお礼を言って、ただいま、帰ったよ、って寸法だ。ただ、その人が家にまっすぐ帰るとは限らない。これからどこかでもう一仕事するつもりかもしれない。その場合は、俺らに何かを言ってくれるだろうし、俺らもそれくらいは理解できるだろう。あれこれ想像しながら反対側の出口へと出てみると、通りには犬ころ一匹いなかった。

夢を見るとその結果どうなるか、これがいい例だな。ほんのガキの頃から、いつもこうだ。何かに胸をふくらませると、少しずつしぼめなきゃいけなくなる。別にサッカー選手になりたかったわけじゃないし社長になりたかったわけでもない。ツインハウスだったとしても一軒家、スポーツカーと奥さんの買い物用の小さい車とが収まったガレージを持っている金持ちになりたかったわけでもない。皮肉なことに、俺は夢を持たない大人になったんだ。結局、カルラみたいに朝早くから絨毯をしきつめたオフィスに掃除機をかけることすらできない人間になった。

失望しないように努めた見返りに、苦悩を得た。結局あまりいいやり方じゃなかったってことだ。失望もないが、いい日もない。たとえうわべだけだったとしても、機嫌よく過ごせる日がないんだ。俺は苦しい時間を苦しみながら、寝るときまで過ごしている。

通りの反対側でインド人が一人、配っていたフリーペーパーを片づけはじめていた。この雨ですっかり濡れちまったに違いない。通り雨は逃れようがないからな。うちの近所のインド人のような気がするが、三人は入るんじゃないかってくらいにでかいレインコートを被っているのでどうにも判断がつきにくい。家まで連れて行ってくれるご近所さんに会いたい一心ゆえの見間違いってこともある。一応、そいつをじっと見て合図してみた。

あんた　新聞なんか読むつもりなの？
新聞がほしいんじゃない　あの男だ
どういうこと？
車に乗せてくれるかも
歩きみたいだけど
その方がいい　車に乗せたくないってこともある　後をつければいい
あのひと　だれ？

うちの階段の側の部屋に住んでるやつだろ
そこは　中国人じゃない
ちがうよ　インド人だよ
インド人はほかの部屋でしょ
どの部屋でもいいよ　うちの人間なら　後をつけていこう
もし　本当にそうだとしても　知り合いじゃないでしょ
知り合いだよ
どこで　知り合ったの？
風呂場だよ

インド人は俺の合図に気づかなかった。すでに自分の持ち分は配り終えたんだろう。昨日、この世界で何があったのかをやつの新聞を読んで知りたいなら車道を渡らなきゃならない。あのインド人は、このまままっすぐ自分の部屋まで行って夜のお茶を沸かしたら、朝の四時半まで部屋を出ないだろう。風呂すら入らないかもしれない。着ていた服はやつらが風呂場に置きっぱなしのバケツに放り込んで、そのあと先週洗って干したままのタオルの横に干すんだろう。故郷の味がする草を入れた熱湯を飲んで、妻や子から遠く離れて過ごした島での一日を忘れようとするんだろう。少なくとも、俺の妻子はそばにいる。いつでも好きな時に二人を抱きしめることができる。どうしているだろうかと思うまでもなく、すぐそこにいる。それに仕送りをするときの手数料もかからない。送金なんて恐ろしいこと、俺はいまだかつて一度もやったことがない。札束の詰まった封筒を銀行のカウンターで渡してくにに運んでくれと頼むなんて、どういうことかと思う。なんで銀行のやつらはそんなことしてくれるんだ？　受け取った金をそのままいただくことだって難なくできるじゃないか。だれかが自分の金はどうなった、と文句を言いに来たとしても、そんな金は受け取ってませんよとしらを切れば済む話だろう。私どもは善意でやっているのであって、詐欺だなんてとんでもない、証拠は？　と言われたらそれまでだ。ただ、そんなこともしょっちゅうやってたら店に放火されかねない。一回だけだろうがしょっちゅうだろうが、とにかく俺はごめんだ。この先まとまった金ができたとしても自分の手でくにに持って帰ると決めてある。強盗に備えて腹巻に入れていくんだ。

このまま黙っているか、ほかの選択肢を取るかわからず、カルラに元の場所に帰りたいかと聞いてみた。カルラは黙っていた。答えを待ちながら、今夜はずっと返事のないままここで過ごすことになるのかもしれないと思った。カルラも迷っていたのだ。とはいえ、俺自身は自分が迷っているとは感じていなかった。どこに自分がいるのか正確なところはつかめていないが、だからといって方向感覚がなくなったわけではない。南は下の方だ。どこか見覚えのある街角や、何か目印が見えてくれれば、あとは南を目指して歩けば、いくらもせずに家に着くだろう。もしかしたらさっき左手の角を曲がって姿が見えなくなったインド人より早く着くかもしれない。やつにはさっき友だちがやってきて、雨にも負けず新聞の名が入った旗が立っている台車に残りを載せて、みんなでどこかに行ってしまった。香料と新聞とを交換するために、遠い国から船でやってきた商人みたいに見えた。

あの人たちはうちの隣人じゃないかもしれないが、同じ方向に帰らないとは言い切れない。近所にはインド人が大勢住んでいるんだから、かなりの確率で近いところに帰るんじゃないか。これはお告げだ。そうに決まっている。ほかには人っ子一人通らない。これまでの思いつきがことごとく間違っていたんだからインド人の後をつけるっていうことこそが正解なんだ。案内人を見失うわけにはいかないと、片手にスーツケース、片手にカルラの手を握って一気に車道を横切った。男らしく。

道を渡りきると、カルラはなんでこんなに急いでいるのか、こんなに強く手を握ってくるのかと聞いてきた。あのインド人は運命のメッセンジャーなんだと説明してやったんだが、カルラの表情は、俺の言葉の怪しさの程度を表していた。この帰還計画は天才的と呼ぶには程遠かったし、さっきのインド人がうちの近所に住んでいるという保証はどこにもなかった。

そうかもしれない。だが、本当に違うかもしれない。島はどこでもインド人でいっぱいだ。みんなとても感じがいい。インド人の店はいつ行っても開いていて、少しでも利があると見ればなんでも売る。もし白人じゃなければ、インド人に生まれたいと俺は思う。小さな店や郵便局の主になるんだ。それで、毎晩、うちの廊下に漂ってくるような、いい匂いの煮込みを毎日食べる。

よく知りもしないインドの神々に祈りを捧げているうちにいつの間にかカルラの手を離してしまった。カルラは息子の手を引いて、ゆっくりと駅まで戻っていった。一瞬、携帯が鳴ったような気がして、俺はカルラのところへ走った。違った。そもそも携帯を持ってるのはカルラじゃなくて俺だったし、画面を見ても待ち望んでいるメールは入っていなかった。繋がっているかどうか確かめるために、一旦電源を切ってからまた入れてみた。緑色のライトが光る。オッケー、大丈夫だ。本当に大丈夫ということを確認するために、もう一度同じことを繰り返した。

カルラはやっぱり駅の向こう側に戻ったほうがいいと言い出したが、俺はそれには反対した。ここに俺らがいるってことには何かの理由があるはずだ。だから、このまま進んでみてどうなるか見てみたらいい。カルラは思い切り顔をしかめて戻ろうと言い張った。一家の導き手としての俺の権威が危機に瀕している。だが結局、自分のふがいなさを思い出して、さっさと歩く妻の後をまたついていった。よろよろと、おびえながら、ちょこまかした歩幅で。駅の反対側にもう一度出てみたところで、何も変化はなかったし、地下鉄の改札も閉まったままだった。カルラのしゅんとした顔を見て、俺はいまが挽回のチャンスと思った。

スーツケースのせいだ　と俺は小さな声で言った
あ　そう
あれを買ってなければ　あんなに親父とおしゃべりもはずまなかっただろ
おしゃべりって？　値引きの交渉してたのよ
言葉が通じねえだろ
客がまけろと言うのは　万国共通でしょ
にしたって　遅くなったのは　スーツケースのせいじゃないか
地下鉄が壊れたのも　これのせいだっての？
壊れるのは　どのみち壊れただろうさ　ただ　こいつがなきゃもっと早いのに乗ってただろ
いい買い物をしたもんだって　いつか必ずあたしに感謝するからね
今のところは　不運続きだけどな

あれを買わなくても　ほかのをいろいろ見てたでしょ
だから　早く帰ろうと　俺は言ったんだ
こうなるって知ってたっての？
予感がね　あったんだよ
じゃあ聞きますけど　今はどんな予感がしてるのさ
それが　今は何も感じないんだ　だけどさっきは感じた　ちゃんと俺の言うことを聞いておくべきだったんだ

カルラは黙り込んだ。完全にやりこめることはできなかったが、そこそこはいっただろう。俺たちは口をつぐんだまま、南と思われる方向に歩きはじめた。何かヒントになるものを、もしくは俺たちよりも事情がわかっていて、俺たちの言いたいことを、なんとなくでもいいからわかってくれる人を求めて。それはそんなに難しいことじゃないはずだ。だれかには会えるような気がする。俺らがインド人だったとしたらことはもっと簡単だったと思うが、いまみたいな透明人間になると、いろいろとずっと面倒だった。俺たちは一見、島の人間に見える。もう少し体毛が濃くて肌の色も黒っぽかったら、トルコ人かギリシャ人かモロッコ人に見えるだろう、みんな親戚みたいに見えるがそうじゃなく、おんなじような髭面でおんなじくらい評判が悪いやつらだ。

うん、それほど事態は悪くないに違いないと決めた。こういうことは世界中で何百万人が同じ目にあってるはずだ。散歩していたら、ちょっと足を延ばしすぎて家までの道がわからなくなったってなんてこと、よくあるだろう。元気いっぱいというふりをして、チビを高く抱き上げてから肩に乗せてやった。肩車っていうのは魔法だ。どんな時でもこれをやるとチビは大喜びする。するとその喜びは母親にも伝染する。母親っていうのは何もかも息子に支配されているんだ。喜び、はしか、シラミ、すりむいた膝小僧、子どもに関係することはすべて母親にも影響する。へその緒でつながってるってやつだろうな。その絆はしっかりとしていて美しい。隣で見ているこっちも幸せになる。はたから見たら、家に帰る途中の幸せな一家に見えるんだろうな。一瞬、俺もその光景を信じてみたが、かえって縁起が悪いような気がして、やめた。幸せな家族になりたいんなら、それをイメージするのはやめたほうがいい。俺がこうなればいいなと思うことは、今まで一度だってそうなったためしがないからだ。反対に、つまずいて転びそうになり、あっ前歯が折れる、と思ったけどそうはならなかったこともある。あのときの安堵感といったら。やられると思ったところに秘密の武器が見つかった、みたいな。問題は、いくらがんばったところで、一瞬で嫌なことばかりを思いつくことはそう簡単にできないってことだ。いつもはこれよりもっとはっきりと嫌なことを思い描くんだが、そうはいってもなかなか思うようにはできない。このまま夜までうろつきまわることのないように、頭の中で俺たちが道端で寝るところを想像した。腹を空かせて、狂犬にも追われたりして。悪いことを想像することは、反対にそれを遠ざけ、良いことを呼び込む。たとえ、その良いことは、のろのろと慌てず騒がず、ゆっくりとこっちに近づいてくるんだとしても。そう、ポケットに手を突っ込み腹を突き出して携帯なんかで話をしながら、しぶしぶこっちに向かってくる男みたいに。

最初に見つけたバス停で足を止め、チビを肩から下ろしておんぶしてやった。肩甲骨がぐきっと鳴って顔を上げられなかった。地図を見て、うちを探した。ない。俺の探し方が悪いのかもしれない。カルラにも見てもらったが、やっぱり見つからなかった。地図は小さいものじゃない。何百という番地、通り、建物、家、廊下、階段、エレベーター、玄関、部屋、ベッド、シーツ、マット、枕、夢が入りきるだけのスペースはじゅうぶんにあるはずだ。なのに、うちはない。俺らは地図にも載ってないんだ。カルラはしゃがみこみ、背中によじ登ろうとするチビを払いのけた。いつもはつんと上を向いた鼻先までしおれて見える。機嫌をそこねたチビは、親の気を引こうとしてお腹がすいたと騒ぎはじめた。

道の反対側の市場では、店をたたみはじめている。

ケンタッキーにでも行く？
行ったばかりじゃない
おとといだよ
なんならマクドナルドにする？
ハンバーガーは嫌いだろ
でも安いし
何を食べるんだよ
ポテト
チビはどうする
あの子もポテト

市場を一回りして、そこまで有名な店でもなく何か食べられそうなものを出す店を探そうかと言ってみた。やだ、と言うと泣き出しそうだったから、カルラは一言、うんと言った。俺は大丈夫だよと言ってやった。軽く食べよう。そんなに高くはつかないだろうし、そうしょっちゅうあることでもないし。確かに金はカルラのものだが、子どもは二人のものだし、空腹は俺たち三人のものでもあった。とりあえずケンタッキーの名前をもう一度出すのは控えた。最近、揚げものを食べると腹を壊すからだ。

市場に入ってみると、海賊版のＤＶＤは店主の胸元にしまわれ、服はたたんで積み上げられ、さっき大通りで見たのとそっくりな鞄が、あっちより安値で山積みにされていた。ここで働くのも悪くないと思う。店主がたくさんいる大企業みたいだ。ただ、販売許可証は要らないかもしれないが、中国人になる必要はあるようだ。まったく残念なことに、俺は中国人でもなかった。世の中に中国人は何百万人どころか何千万人といるのに、俺はただの白人でしかなく、やつらみたいにしゃがんで座れないし、小さな店を持ってる叔父もいないし、みんなで一緒に故郷を懐かしむこともできない。

ビファーナ［豚肉を挟んだサンドイッチ。ポルトガルのソウルフード］もない、コロッケもない、「本日のスープ」［いずれもポルトガルの軽食堂でよく食べるもの］もない、しかたがないから扉のないアラブ人の店に入ってみた。一つしかないテーブルのまわりにアルミの椅子が三つあった。テーブルでは女の子がテレビのビデオクリップをちらちら見ながら宿題をやっていた。コーヒーマシンの後ろで女の子と同じ顔をした男が、このままじゃ心臓発作でぽっくりですよ、と医者に勧められたのだろう、ステップマシンを踏んでいる。何年も苦労に苦労を重ねてこれだけの脂肪を貯めこんだというのに、今になってどこにもたどりつけない階段を上っているんだな。それでもって汗にまみれて死を迎えるのか。医者に行った甲斐もあるってもんだ。それは世界中どこでも一緒だろう。健康な人間は病院には行かない。病人は人生で残された日を数えながら、二週間後の診療を予約して病院を出るんだろう。

俺たちに気づくと、おやじはマシンを降りて、皿用の布巾で汗を拭きながらにこにこして近づいてきた。口で言っても通じないので、壁に貼られたメニューの写真を指さした（ついでにサンドイッチが最近作られたものであることを祈った）。男はさっきと同じ布巾でシャツに手をつっこんで胸の汗を拭き、卒倒しそうなカルラには全く気づかないままメモをとった。うちでは皿用の布巾と手を拭くタオルを混同することは許されない。布巾で顔を拭くなんてことをしたら、カルラのなんの琴線に触れることかわかりゃしない。

今の見た？
気にすんなよ　きっと後で手を洗うよ　と言いながらカルラをテーブルに引っ張った
洗った手は何で拭くと思う？
手拭き用のタオルが別にあるんだろ
そうかもね　それで足も拭くんでしょうね
そんなにあの人のことをごたごた言うなよ　どっちにしても肉は揚げるんだから菌は全部死ぬだろ

だったらサラダはいりませんって言って
サラダは身体にいいんだぜ　ビタミンも鉄分もある
その前に下痢で死ななきゃいいけどね
そこまで言うか？

カルラは言った。椅子を引くと立ち上がり、レタスの葉っぱを指さしてイラナイという仕草をした。心臓病みの男は、はいはいと肯いて、サラダの入ったタッパーをカルラに見せた。カルラはいらないと繰り返し、男はサラダを大盛りにした。このままじゃサンドイッチにレタスしか入らないぜ、座っとけよとカルラに言った。カルラもしぶしぶ従った。意思疎通の欲求よりも食欲の方が勝ったのだ。

ソフトドリンク用の冷蔵庫によりかかってみると、中には牛乳や氷の袋がいっぱい入っていた。店のおやじはにっこりして、お好きにどうぞと身ぶりで示してくれた。ありがたい。手を伸ばしたときに見えた、カウンターの向こうの小さいアルミの容器は、カルラに気取られないように見えないふりをした。そこに入っていたのは、マヨネーズがついている何かの食べ物で、いろいろな色をしていた。今日作られたものどころか、今年作られたものにすら見えなかった。

宿題の途中で女の子は父親にそこをどけと言われ、反抗的な態度で教科書をしまい、テーブルを拭いて薄いナプキンで包まれたナイフやフォークのセットを持ってきた。動きながら、目はテレビで何やら歌っている少女に終始釘づけだった。

壁に貼られた写真から選んだサンドイッチは、白パンに、ゴムみたいに硬い肉が入っていた。ここでもまた、本能が俺を裏切りやがったんだ。食べたくなくても、ヒレ肉のポテトフライ添えを頼むべきだった。サンドイッチからは玉ねぎとピクルスをとりのぞいた。カルラは生野菜は危ないんじゃないのと言ってきたが、俺は気にしない。コーラで流し込んだ。こうしてテーブルを囲んでいると、俺とカルラとチビと赤いスーツケースはもう一度幸せな家族の図となった。デザートには帰り道を教えてほしいもんだ。

新しい紙ナプキンを一枚取って、覚えている限りのスペルで、いつも日曜日の散歩の後に帰りつく地下鉄駅の名を書いてみた。カルラが横から口を出してきてスペルを直したりもしたが、そんなんで通じるかねえとぶつくさ言っている。じゃあ、ほかに何かいい考えがあるのかってんだ。カルラは職場の同僚の電話番号も忘れてきていた。カルラに言わせると、それも俺のせいらしい。バッグなんて盗られたらどうする、置いてこいよと言われて慌てて出てきたからだと。被害妄想だと言いたいなら言え。バッグは持ち歩かなければ盗られることもないだろう。その事実はカルラだって否定できないはずだ。

コーラの残りはチビに渡した。チビは一口飲むと、とたんに大きなげっぷをした。まだ炭酸を受け入れる胃ができていないのかもしれない。どのみち、そのうち慣れなきゃいけない。カウンターで駅の名前を丸で囲って、すでにマシンに戻っていたおやじに見せた。距離も少しあったし、おやじは眼鏡をかけてもいなかったのでそこからでは読めないようだ。読むというか見ることもできないんじゃないか。紙ナプキンを手に取り、鼻先までもってくるとこっちに返してきた。この店では売ってないねえ、身ぶりでそう伝えてくる。そうじゃない、と伝えても、腕を広げて、ほらごらん、ここにしまってある物以外はないんだよ、と言っているようだ。俺は駅名を指して、指でちょこちょこ歩く仕草をし、バスを運転する真似をして、途中でカルラを乗せたりなんかして、また運転を続けて、おやじがなんとなく合点がいったような顔をするまで続けた。おやじは、腕を右に振って、指で七を指しはじめた。俺には意味がわからない。おやじはもういっぺん、腕を右に振って、指で七を作って見せた。わからん。するとおやじは俺を戸口まで引っ張っていき、外をのぞかせる。指さす右方向に、何が何やらさっぱりわからないことがいろいろと書いてある看板がついたバス停が見えた。七、七本の指。そうか。バスの番号だ。ニコニコ笑いと、力強いうなずきと、背中を叩く手で、ようやっと俺たちのバスがわかった。ありがとう、本当にありがとう。カルラは食事代を払った。俺たちは足取りも軽くバス停へと向かった。

3　コソボチームのシャツ

走ってきた俺たちを見てバスの運転手はうれしそうに親指を立てた。こいつもたぶん近所に住んでるのかもな。降りそこねないように、二階には上らず、一階の席に座った。バスが進むにつれて見慣れた景色が見えてきた。よかった。カルラは俺にキスしてきた。紙ナプキンで家族を救ったごほうびだ。これほど疲れてなかったら夜にもう一つ素敵なごほうびがあっただろう。そういう時、カルラは二段ベッドの上に静かに登ってきて、俺はカルラの寝間着のシャツをたくし上げる。パンツは横に脱ぎ捨てられ、俺が中に入る。俺が上になりたくなるまで、そのままゆっくり続ける。カルラは子どもが起きるからだめよと言うが、俺は言うことを聞かない。カルラも結局俺の好きにさせる。そのままゆっくりと突き上げ、どっちかが最後に呻き、もう片方がぐったりとするまでそれは続く。今日は家に帰るときは半分死んでいるだろうから、お楽しみはまた今度だ。だいぶ長い間おあずけだったから、今度そのときが来たらお互い組んずほぐれつで何か月でもいられるだろう。
家に帰りつくまで、ずいぶん遠回りをしたもんだ。そろそろ俺もその方面ではスペシャリストになりそうだな。つまり、単純なことも俺の手にかかると解決不可能な大問題となり、そこからさらにややこしくなり、もう手も足も出ないってところで、ようやく前に進むことができる。あまりにもしょっちゅうこういうことが起きるもんだから、これがいわば俺の生きる道なんじゃないかとすら思う。自分ではあずかり知らぬ罪の罰を受けているとか。今の俺はすっかり忘れているけど、過去に何かやったんだろうか。

あれこれうるさいんだよ　お前は　ともう一人の自分が言った
じゃあ　ほかにどうしろってんだよ
もっとすぱっとやればいいんだよ　シンプルに
好きでややこしくしてるわけじゃない
そりゃ　もっと悪い
悪いってどういうことだ
気づきもしないまま　ややこしくしてるんだろ
気づいていればいいのか

気づいていたらおとなしくしていようと思うだろ
いや　ある意味気づいてはいるんだ　いつもやらかしてるんだから
なら　まだましだな
それで　どうしろと？　なんにもするなってことか？
そうじゃない　何かを思いついたら　その通りにはするな　もっと簡単なやり方はないか探すんだ
簡単なことが　シンプルだとは限らない
そうだよ　だけど　ほらみろ　お前はまたややこしくしはじめている

せっかくのいい思いつきをまた台無しにしないように、自分自身と語り合うのはここまでにした。思わず笑みがこぼれる。明日の計画でも立てるとするか。コインランドリーに洗濯をしにいく。携帯電話を充電して、ベッドサイドのランプの電球を買おう。黒いビニールにつっこんである服を新しいスーツケースに入れ替えよう。忙しくなるぞ。天気がよければ、チビとブランコをしに行って、帰りにはちょっくらバルによるとするか。ちょうどよく、俺にも仕事の分け前があるかもしれない。そうだ、スーツケースを持っていってもいいかもな。急に外国に出なきゃいけなかったもんで、とかなんとか言って最近ご無沙汰だった理由にしよう。そこで今日の試合の結果も教えてもらえるだろう。

あれもこれも大丈夫、うまくいくと、のんびり気分を味わいたかった。今回の授業料はまじで高かった。これから家を出るときは必ず、自分の住所がしっかり書いてある紙を二枚、三通りの帰り道に印をつけた地図、それと島の言葉がしゃべれる同じくにの友人の電話番号を二つ、これを全部持って出ることにしよう。たいしたことじゃない。全部まとめて封筒に入れて、靴の側に置いておけばいいだけだ。念押しのために玄関にメモも貼っておこう。

突然、バスが止まり、運転手がものも言わずに上着と荷物を手に、バスを乗り捨てて走り去ってしまった。まるでここが自分の降りる停留所なんだが、まだ先に進みたけりゃお好きにどうぞと言わんばかりにイグニッションにはキーが差し込んだままだ。

俺は自分を呪った。やっぱりな。こうなると思っていたよ。

カルラの膝を撫でまわして、だいじょうぶ、なんでもないと言ってやりたかったが、彼女がそんなのにごまかされるはずもない。もしかしてもう一人の運転手がいるのかも、と周りを見てみた。すごいチビで、座席に隠れて見えないのか。それとも幻覚を見ているのか？　それか、あれか、一般人をからかって、テレビの前の何百万人の馬鹿どもに間抜け面を曝させるっていうひっかけ番組か。いまここで、隠しカメラはあそこでーすとか言うにやけた女が突然出てきてみろ。殴ってやる。誓ってもいい、殴ってやる。俺はただ家に帰りたいだけなのに、それがそんなにおかしいか。

急に逃げ出したクソ野郎は前にいるバスを追いかけていった。阿呆め。結局ただの無責任男だったってことだ。時間が来たので帰ります、ときたもんだ。ここには残業というものが存在しない。運転手さまには月末に余分のお手当なんて必要ないってことか。持てる者と持たざる者の違いがここにはっきりと出たな。労働許可証がもらえたら、俺も運転手になることにしよう。めちゃくちゃラクな職業だよな。道順だって衛星とかで教えてもらえるんだろう。さっきのやつにはよほどの理由があったんだろうな。それともこれがこの島での仕事の辞め方なのか？　目の前のバスに逃げこみ、運転はしないで運転してもらって、会社からもらった定期も返して、人ごみに紛れ、どこでもない停留所で降りて姿を消す。でもって残された客は、みんな同じく疲れていて早く帰りたいもんだから、我先にハンドルをつかんで自分の家に一番近い停留所まで勝手に運転してさっさと降りる。もしかしてこれはセルフサービスのバスなのか？　なんてな。意外とそれもありかもな。みんな特に急いでなくて、ちゃんと道を知っているんなら。

それにしても変だ。だれも慌てていない。携帯をにらんでいたり、ミニラジオを聴いていたり、目を上げる者すらいない。乗客のほとんどが、何が起こっているのか気づいてもいないみたいだ。みんな、バスに乗りこんで座り、運転手さまがおうちの近くまで連れていってくれるのを待っている。さっき起こったことは、こいつらにとってはあくまで他人事なんだ。

座席から半分身を乗り出して、ハンドルを握るべきかと迷っていると、男に肩を叩かれた。俺が邪魔して通路を通れなかったのだ。このバスに走って乗りこんできたみたいに見える。運転手の交替に見せかけてはいるが、俺の目はごまかされない、こいつはバスと同じ青色の上着を着ているが、偽物ではない、今からひと騒動起こす類の輩ではないという証拠はない。なにしろ、髭面だしな。

奥の方からカルラに呼ばれた。まだ乗り続けるのかと聞いてくるので、そうだと答えた。ただ、バス停には気をつけておこう。もしこれがバスジャックなら、バスの順路から外れていくはずだ。ただ、問題は俺には通常の順路がわからないからジャックされたかどうかわからないってことだ。飛行機も一緒だな。悪人が操縦席を乗っ取って航路を変更しても、乗客はどれだけ外を見ていたところで、それには気づかない。あれっ、ソーセージ型の大きな雲を右に曲がるんじゃなかったの、なんて言い出す乗客はどこにもいないからな。

俺が運転席を奪還するとしても、事故にならないように停車する瞬間を待たなければならない。が、うまくいくとも思えない。だれかに通報されでもしたら、どう説明すればいいいかわからないし、しまいには連行ってことだけは勘弁してほしい。降りて次のバスを待つという手もある。自分のものでもないバスのために俺がターザンよろしくがんばってどうする？　だれかにバスを守れと命じられたわけでもないのに。だいたい島民たちはだれも気にしていないみたいだし。そもそも、このバスだって俺のっていうよりこいつらのっていう方が近いだろう。

一つひとつ、バス停を確かめていたが、どれも間違ってはいないようだ。どのバス停にも七の文字が書いてある。バスジャックでも、正しい道を走っているのかもしれない。ごまかすためにだ。それで、乗客がすっかり油断しているときに急ハンドルを切って横道に入り、あっと思ったら窓のない廃墟の倉庫にみんな押し込まれ、いつのまにか首に爆弾をぶら下げられ、ピストルを持った髭面の男たちに囲まれてるんだ。

そんなことになる前に、降りたほうが身のためだ。赤いボタンを押して俺は立った。カルラが、家の近所まで来たの、と聞いてきたから、まあそんなところだ、と答えた。カルラは引っ込まない。ここはどのへんなの、もうそんなに歩けないんだけど、と言ってくる。俺はもう一度、近いよ、と言ってやった。本当のことを言うのは、バスを降りて安全を確認してからの方がいい。でないと、カルラはパニックを起こして泣きわめきはじめるか、もしくは俺を信じないでバスを降りないと言い張るだろう。

降りる前に、もう一組の家族にもなんとか危険を知らせてやりたかったので、目で、出ようと合図した。もう一度繰り返す。そいつらは出ようとしない。俺は運転手に向かって渋い顔をしてみせたが、それも通じなかった。旦那の方は俺が奥さんにちょっかいを出してると勘違いし、途端に怒り猛った犬みたいに上唇をめくらせて威嚇してきた。奥さんは、俺と旦那を交互に見て、うつむいてしまった。たぶん、家に帰ったら一悶着起きるだろう。だが、これ以上俺にはどうしようもできない。奥さんに色目を使うなんてとんでもない。むしろその反対だろう。まあいい。やれるだけのことはやった。このままバスに乗り続けて、しまいには手枷をはめられて膝をついてハンディカメラに向かって、命だけは助けてほしいと泣きわめくはめになったとしても、知らないからな。

俺は片手で柱を握り、もう片方の手をカルラの肩に置いた。カルラはチビを抱いていたが、急ブレーキがかかるかもしれないとは思ってもいないようだ。おっと、スーツケースを忘れるところだった。運転手がバックミラーでこっちを見てきた。俺はやつのことを見ていないふりをする。やっぱり何かある。やつのあの目。ゆっくりとねめつけるような視線でこっちを見ていたかと思うと、目をそらし、もう一度こちらを見るべきか迷っている。焦っているとは思われないように気をつけながら、ボタンを連打した。もしかしたら乗客にまぎれて仲間がいるのかもしれない。一人、黒人と白人のミックスって感じの、いかにもフライドチキンばっかり食べてるんだろうなという肌をした若いのがいる。こいつが仲間か。こういうやつらはたいていボロ家をねぐらにしてるもんだ。せせこましい台所で、食事を作ってくれる女もいない。同性愛は厳禁のはずなのに、それっぽい暮らしをしてるんだ。

次のバス停にもうすぐ着く。心臓がバクバク打ち続け、口から飛び出るかと思うほどだったが、あの野郎はバス停を通り過ぎやがった。やっぱりこのままでは首を斬られることになるのは決まりだな。俺のこの本能のせいで今度は殺されるところだった。カルラに向かってほほ笑んでやり、慌てさせないように、心配するなと言ってやった。それにしてもなんで停まらないんだ、バス停が工事中だとでも言うんじゃないだろうな、と思ったらまさにその通りで、バスはバス停の数メートル先で停まった。

ここどこ？　どこだかさっぱりわからない　と、カルラはバスから降りると言った
近いはずだ
すごく近いの？　そこまで近くはないの？
ちょっとそこまで見に行ってくる
だけど　ここがどこだかわかってるの？

なんとなくはな　あの中では話したくなかったんだ
何をさ
運転手が交替したときを見たか？
うん
だれがハンドルを握ったかは？
代わりの運転手でしょ
なんであれが運転手だってわかる？
ちがったら運転なんかしないでしょ
だけど証拠はないだろ？　やつは身分証を見せたわけでもない　なんの説明もない
どこのだれだかわからないじゃないか
どこのだれでもないやつがバスなんて運転しないでしょう
全部策略かもしれない　バス強奪計画がすべて組まれていたのかも
なんのために？
俺らを人質にとるために
どこのだれがあたしたちを人質にとるの？
髭面のやつらだ

どの髭面よ？

だから人質にとるやつだよ

カルラの顔を見る限り、ちっともわかっていないようだった。どうしてなんだ。何もかもが繋がっているんだ。一人が逃げ、次のが走り出てくる。誘拐計画ではないにしても、あのバスには何かあった。何か、よくないものが。もしよいものだったとしたら、急ぐ必要もなかったはずだ。よいものは絶対に走り出てくるってことはない、たいした怠け者だからだ。なんとかわかってもらおうとしたが、説明すればするほどどこんがらがった。チビが、だっこだっこ、と騒ぎはじめた。もう眠いのだ。同時にカルラも怒鳴りはじめた。そのやかましいことと言ったら。とりあえず、スーツケースを抱えて俺は一人で通りのどんつきまで行ってみることにした。ちょっと静かなところにいたくなったからだ。カルラはいつでも俺に反対してはふくれっ面だ。まるで俺が本当の阿呆で、思いつくことはどれもしょうもないことばっかりとでも言うようだ。

待てよ。そうなのか？　バスを降りようと思ったのは俺だ、ということは降りちゃいけなかったってことか？　そんなはずはない。そんな阿呆がどこにいる。視点を変えても、あのまま乗っていられるはずなかっただろ？　いままでいろんな決断をしてはドツボにはまってきた。まじでやばいことになったこともある。俺の中のどこかに、まだよい決断を下せる一部が残っているはずだ。あの髭面は実際、怪しかった。そうとしか考えられない。カルラもいつかわかる。明日の朝刊を開いたら、一面に真っ黒に焦げたバスの写真が載ってるはずだ。その時、どれだけ謝られてもおだてられても、俺は許さないぞ。間違った決断を打ち消すには、いますぐにでもいいことが起こってもらわなければ困る。すぐそこ、次の角を曲がって、その次の次の次くらいの角を曲がれば、きっと家の近くに出るにちがいない。すぐ近くとまではいかずとも、なんとか近所と言えるくらいの。

回りにくい車輪がガラガラと音を立てる扉が入り口に据え付けてある児童公園の脇を通る。一人で入ろうとする大人を締め出すためだ。何がいけないってんだろう。島の法律ってのはいちいちややこしい。ほかにもそんな風な妙な法律がいっぱいある。俺ですら、子ども同伴じゃないからと、入れなかったことがある。滑り台から降りてきたチビが俺のところに走ってきたからよかったものの、そうでなかったら、入口のベンチに座ってる、あのボケ野郎に何と思われたかわかりゃしない。ただ、何年も前から俺の息子である子どもを迎えにきただけだってのに。

妙な音がした。だれかにつけられているのか。アスファルトの上を車輪が転がる音がする。後ろを振り向いたが、カルラはいない。この時間なら、たいした危険はないはずだ。

みんな家に閉じこもっているだろう。サッカー場にもだれもいない。だれかがちょっと練習をしたいと思っても、入れない。島ではサッカー場ですら格子扉がついてる。まったく大げさだよな。じゃらじゃら鎖で巻かれている。公園も、家も、だれも使わない野外ステージも、照明器具も、何もかも鉄柵で囲まれている。日が暮れると、島ではあらゆるものにかんぬきがかけられるんだ。それは用心のためなのか、それとも島民が自己中心的だからなのか。自分が使ってない時にはほかのだれにも使わせないぞ、みたいな。

白っぽい汚れが点々とついた背の高い壁に沿って歩いてみたが、やった、すごいじゃない！　と誉めてもらえそうな道は見つからなかった。壁はガラス張りの背の高いビルに続いている。ここは違うな。うちの地区は低層階ばかりなんだ。踵を返して元の道を戻る。カルラに怒られるだろうな。あそこでじっと待ってるんならますますだ。小走りで戻った。そうすれば、カルラたちのいる場所の手前でいったん足を止めて息を整えられる。走って戻ってきたとは思われたくない。それにしてもスーツケースが邪魔だった。遠くにバス停がぽつんと見えてきた。カルラはなんとかいうバンドのコンサートのポスターの後ろにいるはずだ。島民は本当に音楽好きだ。いつでもコンサートだ、ダンスパーティーだ、と騒いでいる。ほかにやることがないんだろうな。で、この不況でもこんなのに金を使うんだな。少しずつ速度をゆるめて、一歩一歩、力強く歩きはじめたそのとき、タマが縮み上がった。くそ、だれもいないじゃないか。ポスター、ゴミ箱、乗り捨てられた車、コンテナ、どこの後ろを覗いても犬ころ一匹いやしない。俺は本当に一人ぼっちになった、今ここで俺が死んでも、葬式をあげてくれる人すらいない。

携帯を引っ張り出した。ここにあるってことは、カルラの手元にはないってことだ。だからもう一台買おうと言ったんだ。ほんの一瞬、メールボックスを確認した。何もない。スーツケースを頭の上に乗せて、もう一つ先の角まで走った。カルラ！　声に出して呼んでみる。角という角を見て回った。もう一度大声で名前を呼ぶ。神様、どうかどうかお願いします。二度と何かを考えついたりしません。女房と息子を返してくれたら、なんでも言うことを聞きます。どんな嫌なことにも耐えてみせます、でもあいつらだけは。こんなのひどすぎる。窓際に人影がいくつか見えはじめたので、叫ぶのをやめた。もう一度停留所に戻ってみよう。もしかしたら待ちくたびれて、次の七番に乗って今頃は家に着いているのかもしれない。俺を見捨てて行くなんてカルラらしくはないが、やらないとも限らない。暗くて怖かったのかもしれない。バス停まで走って戻った。が、道を間違えた。また元に戻る。横っ腹が痛んできた。だが、足を緩めるものか。いや、もうだめだ。一日中家でごろごろしているツケがここに出たか。座ってばかりの膝も日頃の怠惰を責めている。このまま膝が割れるんじゃないだろうか。外から見るとわからないが、内側からどんどん膨れてきている気がする。両脚も鉛のようだ。こいつらだって、こんな体重を支えられるわけないだろうと思ってるんだろう。心では傷ついてるくせに、他人にはうつろな笑みを絶やさないってパターンだな。退屈な毎日を送り、しかも運動不足なんて、どこにもいいとこがない。何もしないでいればニート社会で昇進する、なんてこともあるわけねえな。背中や腰や肩や首に毎日一か所ずつ痛む場所が増えてきている。まじで、毎日きちんと運動して汗をかかないままでいると痺れが全身に広がって一生寝たきりになるかもしれない。脚はいつも痛くて歩き方もふにゃふにゃしてきたし、最近はよく突然眠気に襲われる。さらに悪いことに、夜、横になるとさっきまでの眠気はどこへやら、今度は不眠に悩まされる。同郷の知り合いに、夜中に家電回収をしているのがいるから、一緒にやらせてもらうのがいいかもしれない。そいつはうまいことを考えついたもんだ。古い台車を一台調達して、家電製品の店を夜な夜な回り、店がリサイクルのために引き取ってきた古い家電をこっそりいただいているんだ。新しい食洗機を買った客は、家にある古いのを回収してもらえると喜ぶ。しかも、自分のところで何年も使ってきた古い食洗機をだれかが使ってくれればさらによし。自分とこの家電がただの鉄とプラスティックのクズと化して、新しい高速ができたせいでだれも通らなくなった国道の脇の不燃ごみ集積所の山の一角を担うのはできれば避けたいと思ってるんだ。そう、実際、古い家電はちゃんと「リサイクル」されている。ただ、当初の予定とは違って分解はされず、ほかの家で。

よその家電を道のど真ん中でくすねる時間を捻出するまでは、とりあえず毎日走って、腕立て伏せと腹筋をして、どこかにいい鉄棒があったらそいつもやることにしよう。問題はチビだ。チビを背負っては走れないし、一人で留守番させるわけにもいかない。残された選択肢は、母親が家にいる夜中に運動することだ。いい口実にもなる。

どこに行ってた？　チビの頭越しにカルラを抱きしめようとしながら聞いた。

それはこっちのセリフよ

俺はとっくにここに戻ってたぞ

あたしはここから離れなかったわよ

だけど　さっき戻ってきたときにはだれもいなかった

ああ　ちょうど裏の原っぱにいたときかな

原っぱ？

この子のおしっこよ　悪い？

いつの間にか、こいつらを見つけて英雄になるはずの俺のほうがダメ人間にされていた。

バス停でじっとしていないで、うろうろしていたのはカルラだったのに。さっき神に誓った約束のことを思い出した。でも、今回の俺はだれの世話にもなっていないと思う。こいつらを見つけたのはこの俺だ。どこからどう見ても、神に文句を言われる筋合いはない。あいつらは自分たちの足でバス停を離れて戻ってきて、俺は俺で自分でここに戻ることを決めたんだから。それでも貸しがあると言うんなら言えばいい。それはそちらさんの言い分であって、俺がそれをどうとらえるかはこっちの勝手だ。ぐちゃぐちゃ言い合うのは時間の無駄ってもんで、神みたいなのと言い合うつもりは毛頭ない。こういうことはしょっちゅうあるに違いない。神に何かをお願いする、神はなんにもしてくれない、でもどうにかなる、すると神が偉そうな顔で請求書をつきつけてくる。どんな報復をされるか知れたもんじゃないという恐怖に駆られた人が、ファティマ［ポルトガルにある巡礼地］とかに行って膝をつきながら祈りの道を進んだりするんだな。ただ、どこで神が聞き耳を立てているとも限らないので、俺はここで考えるのをやめた。俺が神に誓いを立てたときには、すでにすべてが済んでいたのかもしれないじゃないか。どれどれ、と神がカルラと息子の様子を見てみたら、とっくに二人はバス停に戻っていた、みたいな。だけどなんてったって善なる神としての体面ってものがあるわけだから、そのまま黙って自分の手柄にしたってことだ。

島民っぽい顔をしたタクシー運転手が俺たちの近くに車を停め、出てくると後部座席に移った。膝をついてオレンジジュースの空き瓶に用を足しているらしい。賢いな。実際、島の運転手はくにのとは全然違って見える。それ専門の学校があるとか、ちゃんと勉強して試験に受からなきゃならないんだとかって聞いたことがある。技能とか地理とか常識問題とかの試験があるのかな——なんかオタクっぽいな。そんなのを勉強してると周りに白い目で見られそうだ。

あの人に乗せてもらったら　とカルラが言ってきた
住所の紙がないだろ　お前が家に忘れてきたから
七番の道順通りに行ってもらえば着くんじゃない
それか　どこにも着かないか
言うだけ言ってみてよ
それなりに払わなきゃだめだろ
まだ少し残ってる
足りないだろ
いくら足りないと思う？
食事しちゃったからな

そのまま次の七番を待つことにした。カルラは激怒していて一言も口をきかない。チビはなんとか鞄に入ろうとしていた。公園でよく見るベビーカーと間違えてるんだろうな。カルラが自分の横に引き寄せようとしたが、かえってチビはむずかりだした。

　このままだと俺が阿呆だということになっちまう。さっきの七番に何か悪いことが起こればいいのにとすら俺は願っていた。とはいえ、怪我人が出るほどではない程度の悪いことだ。いや、だめだ。他人に悪いことを願うと、必ず自分にかえってくる。慌てて、何も起こりませんように、七番が無事に目的地まで到着しますようにと願いなおした。

　次の七番はなかなか来ない。夜のこんな時間じゃバスの間隔も空くんだろう。そういう点についてはくによりよっぽど厳しい。あっちよりなんでも時間通りだし、きちっとしているとは島に着いたときから感じていた。それで俺はなおのことくたびれて鬱っぽくなったんだ。ここでは時間はちっとも進まない。それだから島民はいつでもせかせか歩いているのかもしれない。そうしたらちっとは時間のやつも動いてくれるかと期待してるんだ。ところが、やつはひたすらのろい。二十四時間、毎分毎分に重りがついてるんじゃないかとすら思える。すると、だんだん毎分が全く同じに見えるようになってくるんだ。週末になると、時間は止まることもある。昼間の時間は遅々として進まず、夜はさらに進まない。

そんな時間のことを、俺みたいな人間が傍からじっと見つめている。最近の俺は日中はうとうとして過ごし、夜になると携帯を握りしめたまま眠れなくなる。で、翌日の昼にも眠たくなって、せっかく携帯に連絡が来ても気づかないんじゃないかと不安でたまらなくなる。結局、朝の四時か五時くらいにようやく眠りかけたところで、カルラに起こされる。カルラは六時ぴったりに起きるからだ。そっと起きだして着替え、トイレに行き、息子を起こさないように朝食は食べないで出かける。俺も何も食べないで、会社のバンが通る道の角までカルラを見送りに出る。バンの中ではマネージャーが助手席に座り、後ろの座席ではカルラと同じような女たちが眠りこけている。カルラは職場に着いたら朝ごはんがあるのだと言っているが、それが本当かどうかはわからない。あんなに安い給料の職場が朝食を出してくれるだろうか。カルラが車に乗りこむや、俺はチビがカーテンで火遊びでもしてやしないかと不安になって、踵を返して部屋に戻る。とはいえ、そんなことは今まで一度もあったことがない。その後、七時にアラームをセットし直してベッドに戻るが、五分ごとにびくっとして目が覚める。七時ごろになるとあきらめてアラームを解除し、そのまま三十分ばかりぼんやり過ごす。八時になると、もう一度メール確認だ。メールが入っていたことは一度もないので、二人分の朝食を作って、チビと一緒にベッドで食べる。たいていチビはその後もう一眠りするので、九時半ごろになって、ほかの人が風呂場に出入りする気配がなくなったころ、タオルと服を持って一日を始める準備をするんだ。風呂トイレ共同のいいところは、そこでやたらと時間をかけなくなるってことだな。大きな湯船があって無駄にじゃんじゃん湯を出したり、便器に座ってのんびり新聞を読んだりすることもない。いつなんどきだれが入ってくるかわからないから、常に注意して、さっさと服を着る。実を言うと、本当に必要にならない限り風呂は使わないようにまでなった。なんでも節約だ。うまいこと、シャンプーや石けんの忘れ物があれば、それをありがたく拝借する。

雨が降ると、というかほぼ毎日いつも雨なんだが、俺とチビは部屋にいるか、でなければ廊下をうろうろする。廊下の端から端までチビを四つん這いにして走らせ、とにかくエネルギーを発散させなきゃならない。疲れてくると、今度は暇つぶしを探す。チビは鍵穴からよその家を覗くのが大好きで、なかでも特に中国人の部屋がお気に入りだった。朝早くから漂うこの部屋のスープと麺のいい匂いに引き寄せられるのだろう。チビは各部屋の戸も面白がって平手でたたく。その時刻に部屋にいる数少ないご近所さんは、あまり気にしないでいてくれる。それぞれの部屋を隅から隅までスパイしたら、今度は階段ジャンプに移る。最初は一段から始めて、このところ四段ジャンプができるようになった。これで、午前中はほぼつぶすことができる。昼食の前にはテレビの前で一休みだ。テレビの言葉は一言もわからなくても別にいい。どこかのだれかがどこかほかの場所で、何か俺らとは違うことをしている様子を眺めるだけで楽しい。たいていは夕食ののこりで昼食を済ませる。チビは俺の皿から食べたがるので、一緒に食べれば洗う皿も少なくて都合がいい。

　雨が降っていなければ、まずは駅に行き新聞を探す。そのまま駅のそばで通りゆく人たちをしばらく眺める。素行のよくなさそうな島民が、あいつを殴ってくれとだれかに頼まれるのを待っている感じとか、もうすぐ完成しそうな建物の周りをうろうろしている工事現場の兄さんたちとか。その後は二人でボールを蹴りながら帰り、スーパーに寄って本日のお買い得品を選び、その日が奇数日だったらくにのやつらが立ち寄るバルに顔を出す。店の女主人はチビにお菓子を分けてくれるし、コーヒーも安い。できるだけ会話には入るようにしている。常に頭をフル回転させていろんな思いつきを口にしたり、話の感想を言ったりするんだ。みんなの話にもなるべく興味深く耳を傾け、おべっかを使えるだけ使って、島民への悪口には大きく肯いてみせる。性根の悪いやつがくにの悪口を言えばまったくだと言い、ほかのやつがくにを懐かしめば、一緒にしんみりする。みんな自分の話を聞いてほしいんだ。近いうちに電話するとかなんとか約束する。バルにはもう数か月も通っているのに、まだ一度も仕事を回してもらったことがない。でかい工事があれば、みんな自分がそこの現場監督だと言い、上品なレストランがあればみんな自分がマネージャーだと言い、いつも人手が足りないとぼやいている。でも、だれも俺に手伝ってくれとは言ってくれない。なぜなんだろう。俺の顔が気に食わないのか。それとも、いつも片手にチビ、片手にスーパーの袋で、のんきに暮らしているように見えるのか。車のキーを人さし指にからませてぶんぶん振りながら出ていくこともないし、携帯電話が鳴ることも、かけていることもないからか。それともコソボチームのシャツ［本作執筆の時期に流行していた］を着ていないからなのか、この不況のせいなのか。それともただ単に髭を生やしていないからか。つるりとした顔をして鼻毛も出てない男には秘密がなさそうで、あまりにあっけらかんとした様子がかえって怪しまれているのか。

ときどき、数日顔を出さないこともある。俺にもやることはあるんだと思わせておくためだ。それでも、俺が部屋にこもって携帯が壊れてないか確認するためだけに自分で自分にメールを送信したりする間に、だれかがうまいこと仕事の口をバルで見つけていたらと考えると、苦しくてならない。

たまに太陽が雲を蹴散らすことに成功すると、買い物を部屋に置いてから、今度は魚がいそうな噴水がある近くの広場に行く。チビは噴水の音を聞いたり、鳩を追いかけたりするのが大好きだ。俺は新聞を広げて写真をじっくり眺め、こっちを横目で見てくるご婦人方に微笑みを返す。すましたご婦人方は、この人は家に帰ってもすぐに息子の手を洗ってやったりはしないんでしょうねという顔をしてこっちを見る。行くところがあり、子どもの面倒を見てくれるだれかがいるからって、自分のほうが偉いと思ってやがる。うちの息子には噴水の周りをハイハイなんて絶対にさせませんことよ、ってか。まあ、そうだろうな。その点では返す言葉はないね。お坊ちゃまたちは、どいつもこいつも親そっくりでお高くとまっていやがるからな。俺だって、時々は四つん這いで鳩を追いかけたくなるときがあるもんな。

カルラの帰りが早い日は、バス停まで迎えに行けるよう早めに帰宅する。バンがこっちに近づいてくると、チビはぴょんぴょん跳ねる。もしかしたらバンは止まらないかも、カルラは乗ってないかも、なんて思いもつかないらしい。チビにとってバンは一種類しかない。ママを乗せてくるバンだ。

もう終わっちゃったんじゃない？
そんなことあるか
日曜日には本数も少ないし最終も早いはずよ
そんなに遅い時間でもないだろ
だいたい本当にこのバスかもわからないし

乗らないとわからないだろ
どういう意味よ
とにかく乗らなきゃならないってことだ
もし間違えてたら
そしたら降りる
どこで？
そのすぐ次でだ
なんの次？
間違えたとわかったところの
ここですでに間違えてるかもよ
うん　でもとにかくここで降りてみたらここじゃなかった　ってことは乗ったほうがいいってことだ

バスが来て扉が開いた。俺はつくづく幸せをかみしめた。カルラの後に続いてチビを抱いて乗り、ハンドルを握っている男に微笑みながら振り返ると、スーツケースがバス停に置きっぱなしだったことに気づいた。ぽつんと置き去りにされた姿は、両親に忘れられた子どもみたいだった。運転手の肩をたたき、まだ出発しないでくれと頼んだが、理解してもらえず、ただじっと見返された。カルラは身ぶりで扉を開けておいてくれと頼んで飛び出していき、運転手が扉を閉める間もなく、うちの家族の新しい一員を抱えて戻ってきた。

急発進でバスががくんと揺れた。この一瞬に永遠にとどまっていられたらどんなにいいだろう。いま、この瞬間の俺たちは元気だ。道に迷ってもいないし、だれのことも置き忘れていない。膝の上のチビは重くないし、散歩で乗せてもらえるベビーカーがないといってふてくされているわけでもない。どのみち、カネがあったところであれは買わないと思うが。本音を言えばベビーカーそのものに反対なんだ。カルラの手前、そうは言っていないだけで。その話を持ち出されても、場所がないだろと言って、いつもごまかしている。子どもを王様扱いするつもりはさらさらないし、ベビーカーなんぞ通行人の邪魔になるだけだと言っても、カルラにはわかってもらえない。人を押しのけて道を通る時の武器としてベビーカーを使用することを禁止すべきだとわからせるのは不可能だ。子どもを乗せて運んでやるなんて、貴族じゃあるまいし。遅かれ早かれ、やつは身を乗り出して道に落っこちるだろう。それでようやく、あれは全部幻想だった、あんなのを使う時期なんてすぐ終わる、どこかに行きたいならだれだって自分のあんよを動かさなきゃならんとわかるはずだ。必要もなく子どものトラウマをまた一つ増やしてどうするってんだ。ただでさえ、母親の腹からいろいろ抱えて生まれてくるってのに。

そもそも、チビは俺とほとんど同じくらいに速く歩ける。俺の一日に急がなきゃならない用事なんてないんだから、俺たちはのんびりとしょっちゅう立ち止まりながら一回りする。俺が面白がるもんで、チビはわざとよちよち歩きをしてみせることもある。この島にも、少なくとも一人は、俺をのろまとは思わない人間がいる。たまに思う。どっちがどっちの面倒を見てるんだ、って。あいつが俺を必要としているんだろうか。それとも、自分の存在意義を感じるために俺こそがあいつを必要としているんじゃないか。だいたい、朝、あいつにお腹が減ったよと言われなければ、俺は寝床から起き上がることすらしないだろう。カルラのためなら俺も動くと思うが、もしチビを遊ばせる必要がないならどれだけでも部屋の中で過ごせる。いつかチビも学校に入ると思うだけで心臓が止まりそうだ。それでも、まだ最初の数年は学校の送り迎えがある。だが、そのうちあいつも言い訳を作って一人で出かけたり帰ったりするようになるだろう。それでも、俺はあいつが帰ってくるまで、じっと家で待っていてやれる、一緒に宿題をして、父と息子、男同士ならではのいろんなことをしよう。あいつも女の子をナンパしたり、ハシシを吸ったり、泥酔したり、車を盗んだりしたがるだろう。十八歳までは、警察に迎えに来てもらうために、俺のことを必要としてくれるかもしれないが、せいぜい親の役目もそこまでだろう。俺の財布にくすねるだけのカネが入ってなかったら、働きに出なきゃならなくなる。これから十六、七年くらいすれば、それくらいできるようになるだろう。

あの子は何もかもを心得ているんだ。俺には言わないだけで。あの子は真面目な質問はあまりしてこない。それは子どもなりのレベルを保つためであって、小難しい話をしないように気を遣ってるからだ。あんなに小さいのに、なんて賢いんだろう。俺は本当に運のいい父親だ。この子は本当に特別なんだ。俺の子だからっていうんじゃないし、俺の血を引いてるからだなんて口が裂けても言えない。この子を知っているだれもがみんな、同じことを言う。同じ年齢の子よりもずっと大きいし、あらゆる点において普通よりずっと成熟して知的な見方で物事を見ている、と。ああ、あいつは本当に特別な子だ。もしかしたらこいつは本当の天才かもしれない、と俺はしょっちゅう考える。母親似なのに違いない。俺は、たまに冴えているときの俺に似ているときもあるかもってくらいだ。カルラはこういう話を嫌がる。天才はたいてい頭がおかしくなると信じていて、この子がいつか不幸になったり頭が変になったりするのは見たくないと言う。分厚い眼鏡をかけて一生本にかじりついて過ごすなんてとんでもない。俺がそんなことはないと言ったところで説得力はあまりない。俺だって、天才児が通う学校がどこにあるのかも知らない。ただ、眼鏡の問題はちょっと考えておいた方がいいかもしれない。たいていの天才は目が悪いし、実際、チビはしょっちゅうつまずく。いつもスプーンをうまく口に運べないっていうのもそこに問題があるのかもしれない。

バスが停まった。毎日ゆで卵を食べ、道中のガソリンスタンドのトイレで歯を磨いた二週間のあと、ようやく島に初めて足を踏み入れた日のことを思い出した。あのときは、十五日間、固い座席に座ってきた甲斐もなく国境で追い返されるんじゃないかとびくついていたもんだ。

バスに残っていた数人の乗客も降りてしまい、俺たちはただ運転手をぼんやりと見ていた。運転手も、この後はどこかで何かやることがあるんだろう。バスの外のどこを見ても、ここがどこなのか、手がかりになりそうなものは一つもなかった。一見したところ、ここはわが家の近所ではない。

4　むしゃぶりつきたくなる

俺たちはこわごわ外に出た。戻るバスはあるかどうか、今来た道の反対方向を指さしておずおずと訊ねてみたが、運転手は首を横にふるだけだった。七番バスが次に日が昇る前までに動くことがないのは明らかだった。俺たちは終点まで来ちまったんだ。その終点がどこなのかわかりもしないまま。俺のせいで。ほら、まただ。もし俺があの食堂でナプキンに絵なんか描かなかったら、七番バスなんて乗ることもなかったし、このバスに乗っていなかったら、いまごろはレンジでチンした牛乳でも飲みながらくつろいでいたのかもしれない。

まったく、クソ。カルラの口からようやく出た言葉は、これだけだった。いまや俺は世界で一番不幸な男となった。もう俺たちはずっと戻れないのかもしれない。少なくとも始発までは。こんなところで夜を明かすのか。人っ子一人通らないこんなところで。かつては真夜中から明け方までひっきりなしに車が出入りしていたのであろうガソリンスタンドがあった。合板の看板は上下さかさまになっていて、地元の自称アーティストらによって、何やらわからぬメッセージと感じの悪い絵が上から塗りたくられている。色とりどりの棺桶のパレードみたいだった。

俺たちはガソリンスタンドの入口前にある階段の一番下に、黙ったまま腰を下ろした。監視カメラがあるはずの場所にはケーブルだけがたれさがっている。ほかに目につく物は何もない。ここは島で唯一、だれにも忘れ去られた場所なんじゃなかろうか。プライバシーが必要な人間には理想的だ。泣きたかったが、泣けなかった。カルラに先を越された。暗黙のルールというか、習慣のなせる技というか、俺たちは二人一緒に泣くことはない。そう取り決めたってわけではないが、いつのまにかそんな風になっていた。

どんなに泣きたくても、相手が泣き止むまで待つ。俺はめったに泣かない。男だから、ということもあるし、カルラが泣いていると俺のぶんまで泣いてくれているように思えるからだ。カルラが泣く姿は胸を刺す。特にチビの前で泣いているときは。

泣いているカルラの頭を撫でてやることすらできなかった。目をつぶってもう一度神にさっき願ったことを願った。あなたが望むことなら本当になんでもします、と。神でもいい、タクシーでもいい。どっちかが俺らのために何かをしてほしい。タクシーの運転手には帰り道を伝えることはできないが、そこは神に導かれて家まで連れて行ってくれるだろう。家についたら、部屋に駆けこんで鞄の裏に作った隠しポケットに入れてある今月の生活費の封筒から、代金を払えばいい。もしなんなら運ちゃんには携帯を預けておいてもいい。そうしたら、乗り逃げもしないし、この機に乗じて妻子をそいつに押し付けてとんずらするつもりもないってことがわかるだろう。

どうだい　最悪じゃないか？　自分に訊いてみた
ちょっと違ってたな　と自分で答える
違ってたじゃないだろ　まあ　今さらだけどな
違ってたよ　こんなことになるなんて知らなかったんだから
タクシーは高くつくぜ
この状況を考えたら安いだろ
カネはカネだろ　高い安いがあるか
安いだろ　何がなんでもここから出ようとすれば
で　明日の朝　目が覚めたら　大金が出てったと嘆くんだな？
明日のことは　明日考える

俺たちのすぐ隣には何十台、何百台、何万台というバスが並んでいる。そのどれもが俺らには無価値だ。扉を確かめて回ったが、開いているのは一つもない。トラクターを乗り回している同郷のやつらと直接連絡を取り合ったことがないのがなんとも悔やまれた。そのときはなんのためかわからなくても、若いときになんでも習い覚えておくべきだ、とはこのことだ。いつか絶対にチビはくにに連れて帰り、豚の殺し方、オリーブの実の落とし方、森に火を放つやり方、ワインの盗み方、ガソリンのくすね方、正体不明なほど酔っぱらいながらも、電灯もない真っ暗な田舎道を羊の臭いを頼りに家までたどり着く方法、トランプの勝ち方、ゴムパチンコの作り方、ガードマンからの逃げ方、落ちた果物は食べちゃだめだってこと、川を渡るときの足場になる石の見分け方、クラブでの女の子のひっかけ方、車のエンジンオイルの交換法、井戸から水をくみ上げる方法、産気づいた牝牛から仔牛のとり上げ方、平手打ちを食らっても涙も出さずうつむきもしないでいられる方法、トラクターでの競争のやり方、見つからずにミサから抜け出す方法、ミサの献金と聖体のパンをちょろまかす方法、カタツムリや野生のイチゴの採り方、土地の境界線の引き方、いろいろ、いろいろ、息子が一人前の男になるために必要な知識すべてを授けてやる。くにでしか学べないこと、永遠に続くかと思える夏にしか覚えることのできないことを。

今日という一日の続きよろしく、俺は連なるバスの間で迷ってしまった。カルラが大声で俺を呼ぶ声が聞こえたので、いったい何事かと車道にもう一度出て走って戻った。最初はなんでそんなにカルラが叫びまくってるのかわからず、頭がおかしくなったんじゃないかと恐ろしくなった。カルラはただ叫びながらある一点を指さしてばかりだったからだ。俺には何も見えない、ただの暗闇でしかない。だが、そのうち闇よりもっと黒い何かが二つ、こちらに向かってくるのがぼんやりと浮かんできた。俺は足をふんばって家族の前に立ちふさがった。来るなら来やがれ。ここは通さないぜ、と半歩後ずさったが、今さら逃げることはできない。スーツケースを前に持ってくる。ナイフが飛び出してきても、最初のやつはこれで応戦できる。二つの黒い何かは、少しずつ足を速めてこっちに近づいてくる。カルラは俺を隣に引き寄せた。自分も何がやってくるのかが見たいのだ。九メートルばかり離れたところまで来てから、ようやくそいつらの姿はそれほど黒くなくなり、歩く速度も遅くなり、ついには立ち止まって俺たちを見ていた。スーツケースを楯に、向こうへ行けと身ぶりで示し、シッシッと言って追い払おうとした。

黒いやつらはそれが気に入らなかったらしく、こっちに向かってダッシュして来たかと思うと、俺とカルラの脇をそれぞれすりぬけて行った。もしこれがく<ruby>に</ruby>でのことなら、間違いなく魔女だと思っただろう。だが、ここは島なので、今のは魔女ではなくシーツ女たちだと気づいた。カルラは息をするのも忘れたようだったが、確かにいまのはアラブ系の女の子たちだったと言った。だれも知らない遠いどこかの村からやってきて、その村の伝統衣装を頑なに身に着け、昔住んでいたその村からは何百万キロも離れた、新しいおとぎの村へと向かう途中なのに違いない。

手を伸ばせば届くところを二人の魔女、もといシーツ女が通りぬけていったが、とりあえず俺たちの首は繋がってるし、何かが爆発した様子もないし、猛り狂った群集に人質として連れ去られたりもしていない。とにもかくにも、俺たちは同じ空間と時間を、ブルカで足元まですっぽりと被った女性二人と分かち合った、ただそれだけだ。アラブ人じゃなくトルコ人だったかも、うん。最悪なことはまだこれから起こるのかもしれないが、とにかく今は一つ乗り越えた。しばしの休息を味わおう。俺の中で正常の部類に入らない島民のうちでも、さっきの二人はいっとう恐ろしい一味の仲間だ。と言っても、テレビでしかあの連中のことは知らないんだが。それだけでも、やつらが毎日どんなことをやって、何をやってないのかくらいはわかる。いつもデモだの反対運動だのをしていたり、そうかと思うとだれかが死んだと言っては泣き、死には死をとか復讐だとか言って、もはやどこのだれかもわからない他人を殺したりして。どっちにしてもやつらが正常か異常か俺にはどうでもよかったし、安全圏から眺めるだけの存在だった。そばを通ってもじっと観察することもせず、いつも適度な距離を保つようにしてきた。

もしかしたら、さっきのあの娘たちも怖かったのかもしれない。これまでも、ああいう子たちがからかわれたり、侮辱されたり、暇を持て余してビールばかりがぶ飲みしているような白人集団に付け回されたりしているのを見たことがある。島に着いて数日後に、実際に乱闘騒ぎに居合わせたこともある。アラブ系の女の子たちの夫や、兄弟や、従兄や叔父たちと、ネックレスだの指輪だのをじゃらじゃらつけている赤ら顔したでぶの白人の集団との騒ぎだった。見ていてあまり気持ちのいい光景ではなかった。

一つだけ言えるのは、あの子らの逃げ足は速いってことだ。あっちの村で練習し、島に来てさらに磨きをかけたに違いない。さっきの出来事から一分、あたりはすでに何事もなかったかのように静まり返っている。何かに遅れそうだったのか、それともあっちもこっちを怖がっていたのか。冗談じゃない。妻子の目前で、旅行鞄まで持った男が娘っ子にちょっかい出すなんて、見たことないぞ。少なくとも俺の周りでは聞いたことがない。もう一つ考えられるのは、旦那だの従兄だのに知らせに行ったってことだ。だとすれば、もう間もなく俺らは村中の人間に囲まれて石を投げられるぞ。特に理由なんか必要ないのかもしれない。ここにいることがイコール攻撃を意味しているのかもしれない。あの子たちを見たってだけで重罪なのかも。それは法に反することで、鞭打ちの刑に相当するのかもしれない。

ここから離れようとすれば、カルラにこの話を理解してもらわなけりゃならないが、それはあまりいい考えとは言えない。それに、ここを出て道をうろつくのも賢いとは思えない。特に、この思いつきが俺から出たってだけで、絶対に悪い結果を招くに決まっているので、このままでいることにした。カルラはまだ、あの子たちの姿を探していた。もう姿かたちもない。これだけ暗くて電灯も壊れているとくれば、目と鼻の先にでも立ってくれないと気づかないだろう。

もう行っちゃったよ
こっちに来ちゃいけなかったのよ
あの子たちだって家に帰るんだろ
禁止に決まってる
家に帰るのが？
違う　あんな格好で歩くことが
だれでも好きな格好できるだろ
だけど　人を驚かしていいはずないじゃない
わざとやったと思ってるのか？
わざとであろうとなかろうと　あたしは死にそうに驚いたんだから

もう行っちゃったよ
あんた　さっきからなんでそんなにアラブ女の味方につくわけ？
ただ疲れてるだけだよ
そうよね　一日中　働きづめだもんね

本当に、この女は男の急所を心得ていやがる。とはいえ、言い分はもっともだった。俺にどんな文句がある？　俺は疲れているなんて言っちゃいけないんだ。実際にどれほど疲れていようとも。一日八時間道路を這いつづけていたとしても。カルラには絶対わかるまい。だれにもわかるはずない。俺にだってわからないんだから。それにカルラも口が滑っただけだと言うことは知っている。疲れているんだろう。そりゃあそうだ、まめだらけの足で歩かされたんだから。カルラも俺に謝ってきた。ただ家に帰って眠りたいだけなの。俺も連れて帰ってやりたい、ただそれだけだ。手を取って、こっちだよ、と教えてやりたい。できることなら、明日の朝は俺が代わりに出勤して掃除機をかけたり拭いたりしてやりたい。カルラは何度も何度もごめんなさいとつぶやいた。俺も、終点までなんて連れてきちゃったのは俺のせいなんだからと謝った。抱き合いながら互いにいつまでもごめんねごめんねと謝り合い、しまいにカルラがキスをしてきて終わりになった。俺を黙らせるためには効き目ばっちりだ。

大丈夫、絶対に大丈夫だ、と俺は約束してやった。カルラは、わかってる、と言い、腕の中で眠ってしまったチビを俺に渡した。物事はいい方を見なくちゃ、もっと悪いことになってたかもしれないでしょ、と言うが、俺にはいい方を見ることはできなかった。が、とりあえず肯いた。カルラによれば、ドラッグの売人がうろうろする不気味な場所が終点だった可能性もあったはずで、それに比べれば、ここはだれも通らないから安全だと言うことだ。それに、さっきから三十分おきに雨がぱらついているけれども、ガソリンスタンドがなかったら屋根もなく道のはじっこで濡れそぼっていたでしょう、と。俺には思いもつかなかったことだが、ここが終点なら朝一番の始発が出るってことでしょ、とも言ってくれた。消極的な楽観主義者だな。最初はふくれっ面、それからは打ちひしがれて、最後に微笑むんだ。それはあまり意味ないような気がする。もう夢も希望もなくなってからようやく希望を持つ、みたいじゃないか。最初はただ俺に反抗したいだけなのかと思っていたが、カルラはそういう人間なんだ。それにしても、俺らがどれほど運がよかったとしても、ここで日の出を拝むなんてことにはならない。俺の妻と俺の息子が道で寝るかどうかの話なんだ。そんなことは絶対にさせない。一家の主が、自分の家族を夜露にさらし、ロマ人やホームレスのような真似をさせるなんてありえない。俺たちはロマ人ではないし、ましてやホームレスだなんて、この俺が許さない。というわけでもう一度どこか扉が開いているバスはないかを見ることにした。これだけの数のバスがあるんだ。一台くらい扉がゆるんでいるのがあるだろう。

と思ったら最初の一台がまさにそうだった。最初に見て回ったときに確認しなかった唯一のバスだった。すぐ見つかるだろうと楽観視していたせいなのか、寒さのせいだったのか。中に入ると一人で二座席分を使うことができた。これでこのバスがどこかに出発してくれりゃ言うことないのに。今夜のことは絶対に忘れないだろうな、そうつぶやくとカルラは、それもいいじゃないと答えた。孫に聞かせる話が一つ増えたってことよ。こんな話はないほうがありがたいだろ、とは言わずに目を閉じようとした。だが、カルラがしゃべりつづけるもんで、眠れやしない。場所が変わって眼が冴えたらしい。

それに、あたしたち、ツイてるわよ、とカルラは言う。扉がガタついていてくれたおかげで、乾いた場所に座れる、しかも一人で二座席も使えるし。あとは日が昇るのを待つだけよ。明るくなれば、運転手もやってきて家まで連れていってくれる。部屋に帰って、熱いお風呂に入って、俺には仕事の誘いの電話が、カルラには昇給の話があるかもしれない。そうしたら収入も増えて、もう少し広い風呂つきの部屋に移れるかもしれない。カルラはいつまでたっても共同の風呂・トイレに慣れることができなかった。トイレの後の他人の臭いにも、便器に落ちている吸い殻にも、自分の洗面用具を置きっぱなしにできないことにも、いちいちトイレットペーパーを持ってトイレに入ることにも、うんざりなのよと話し出した。ちょっと、ちょっと待ってくれ。電話がかかってくる前から、もう借金を背負わされた気がしてきた。俺はまだもうしばらくはあそこにとどまった方がいいと思っている。せっかく入ってきたカネは、ばんばん大きな買い物をするよりは貯金用の封筒で貯めておきたい。万が一の時のためだ。いつなんどき、何が起こるかわからない。カルラはうんと言わない。もうこれまでじゅうぶんすぎるほどに辛い時を乗り越えてきた。あの子は制服がある学校に通い、島の人たちと同じ言葉をしゃべり、学級委員になったりするかもしれない、親には絶対できなかったことを、あの子が二人分、きっとやってくれる。あの子は大学を出て、風呂つきの部屋に住んで、仕事もあって何度も昇給もして、そのうち銀行口座を開いてクレジットカードだって持てるようになるかもとカルラは言う。俺はと言えば、毎週のウィンドーショッピングの話が出てこないのはなぜだろうと思っていた。それほどあれを楽しみにしてるってわけじゃないのか。それとも、俺らがカネを持つようになる頃にはあのあたりの店はぜんぶ閉まっちゃってるだろうと思ってるのか。実際、カルラは買うよりも見るのが好きなタイプだ。宝くじではカネもいいけど、車が当たってもいいなと俺は思っている。くにに置いてきたみたいな車だ。そうしたら、二度とバスには乗るものか。それは間違いない。その上でさらに運がついてきたらGPSってのをつけてもいいな。充電できるタイプで、持ち歩きもできるやつだ。

お金が入ったら、あたしたちも言葉を習って、その後はコンピューターの勉強もしておいた方がいいとカルラは言う。情報系に強いと可能性が広がるから、と。どんな分野がいいのかカルラ自身も詳しくはわかっていなかったが、少なくとも清掃ではない何かの職につけるだろう、とのことだ。工場も違う、工場で働いたところでいいことは特にないと思っている。販売員にはいいのかもしれない。カルラはくにでの経験があるし、あと一歩で店一番の売り子になるところだった。俺みたいなぼんやりしているのが入ってきたが最後、手ぶらでは店から出させないのがカルラだ。あの駅の店に通いつめ、俺は相当散在させられたもんだ。とうとう最後にはカルラも気づいて、あたしに会うためだけに毎日靴下を買わなくてもいいのよ、と言ってくれた。あの日、初めてカルラのいる店に入った俺は、シャツを一枚買うつもりが、結局スーツに冬のコートまで買うはめになった。カルラにシャツの襟元のボタンを閉めてもらっただけでノックダウンした俺は、コートまで試着して、足元にひざまずいてファスナーを閉めようと悪戦苦闘しているカルラの大きく開いた襟ぐりからこぼれ落ちそうな、今にもむしゃぶりつきたくなる胸元に汗の粒を落としたらどうしようと、そればかりを気にしていた。あの光景をもう一度見たい、ただそれだけで店に通い詰めてはたんすの中身をどんどん増やし、とうとう前払いで切った小切手の請求が日々の暮らしを逼迫させるほどになってきた。そこで、カルラは気づいてくれたんだ。そして、聖女が手を差し伸べるがごとく俺を破産から救出してくれた。俺にそれまで買った服を全部返品させ、うまいことやって小切手も全部無効にしてくれ、その後そのことについては一言も触れないでくれた。それから俺たちは、カルラが店を閉めたあとで、隣のカフェで待ち合わせしはじめた。俺のほうが四時間早く仕事が終わるものだから、その前にウィンドーから姿が覗き見られるかと、店の前をうろついたりもした。結局カルラの姿を拝めることは一度もなかったが、それでも近くにいると思うだけで緊張した。

担当の配送場所を替えてほしいと俺は郵便局に申し入れた。それで、だれも配属を望まない地区の駅の商店街と、植民地からの移民者ばかりが出入りするビルの担当になった。そこに行くまでの通り道がすでに危険な地域だ。一旦ビルに入ると、強奪される前にとにかく郵便物を配り終えないといけないので、駆け足で配ったものだ。月末は生活保護の小切手が配達されるから、特に危ない。二人一組で配達に回ったが、それでも荷物を持っていると狙われる。俺はカルラに会うために命を賭けていたんだ。

バンが次々に到着し、居並ぶバスの横に駐車すると男たちが流れ出てきて、みんな身体を伸ばすと、一台のバンに乗り込んでいった。上半身裸の男もいれば、シャツにベストを着ている男もいる。ほとんどが太った大男だった。だれも俺たちに気づかなかった。俺たちもそのまま身を隠していた。間もなく、男たちはバンの扉を開けたままトランプを始めた。だれかを待っているんだろう。俺たちも隠れたままでいることにした。トランプはなかなか終わらない。そろそろ終わるかなと思うと、また配り直して次の一戦が始まる。だれかを待っているんだとしたら、そいつはちっとも来る気配がない。男たちの目つきや、台の上に金がないことから見て、ヤバいやつらではなさそうだ。だが、バス会社のお偉いさんにも見えないし、そうかと言って出発時間待ちの運転手にも見えない。だんだん、ここに息をひそめて隠れていることもないんじゃないか、という気がしてきた。バスを待つのは犯罪じゃない。もしかしたら、男たちは神の使いかもしれない。姿を変えて手を差し伸べようとしているのに、肝心の俺たちを見つけられないのかもしれない。

助けを求めに出ていったらどうだろう　とカルラに聞いてみた。カルラの意見に従えば、また間違いを犯す危険性はだいぶ減るだろう。

どんな助け？

ここから出してもらうんだよ

言葉が通じないじゃない
くにの移民があの中にいるかも
それは運がよすぎるでしょう
さっきまで運が向いてきてると言ってたじゃないか
今すぐの話じゃないもの
何もしなければ　このままだぜ
何かしたら　ここを追い出されるかもよ
ここで一晩明かすつもりか？
野宿するよりましでしょ
ここで一晩すごすのと　外に出ていって家に帰るのとではどっちがいい？
だれかが家まで送ってくれるって言いたいの？
家までは無理でも　俺だったら近所まで乗せてやるけどな
あんただったらね
俺みたいな男がいるかもしれない
どうかな
どうかなって？

　だって　みんな太ってるんだもん
　太ってる人間の方が痩せている人間よりたいてい親切だろ

カルラの同意なしに出ていくのは危険度が高い。カルラの方がこういう時にどうしたらいいかわかっているからだ。それで、静かにしていることにした。そのうちにほかの解決法が見つかるだろう。いや待てよ。ここで、俺がじっとしていようと決めたってことは、俺の意志の反対は行けってことだよな。結局、最終的な判断は俺が下した。カルラの影響を受けたってことは否めないが、行かないと決めたのは俺だ、だって実際に動かないのはこの俺なんだから。次の結論が頭に浮かぶ前に、とにかく俺はバスを走り出た。走り出た、つもりだが実際はドアにひっかかってしまい、首だけが外に出たという格好になった。

俺の首が外に出た途端、男たちはトランプの手を止めて俺が何を言い出すかと待った。どちらかと言うと、ここで一晩過ごそうとしていた俺のことよりも、切り札がだれの手元にあるかのほうが気になっているようだった。いずれにせよ、俺たちを助けてはくれないかもしれないが、嫌がらせをすることもなさそうに見える。頭をフル回転させて、とにかくできることを精一杯やってみた。だが、ペンを一本貸してくれ、ということすら伝わらなかった。俺が次に言うことを考えるために口をつぐむと、男たちはすぐさまトランプを再開した。島での俺はいつもこうなんだ。やつらのすぐ隣、くっつくほど近くにいたとしても、だれも俺に気づかない。俺は透明になっちゃったんだろうか。俺のことをそうやって無視するのは一人や二人じゃない。いつもなんだ。最初は鏡の前に陣取って、本当に自分がいるのか確かめたものだ。自分が消えつつあるのに、それに気づいてないんじゃないかと思った。カルラは、くだらない、何を大げさなと一蹴した。それが本当かどうかはわからないが、道やスーパーや市場の店やらで、だれかがぶつかってくるたび、自分は存在していないんだという気がしてならない。踏まれることだってある。あまりにがっくりきて、俺は本当は死んでるんじゃないかと思ったこともある。しかし、死んだにしては、次々にいろんなことがありすぎた。

一方で、俺に対する無関心は悪意あってのものじゃないということも、わかっていた。ただ俺が必要ないだけなんだ。俺がいようといまいと、みんなの人生はつつがなく過ぎていく。ただすれ違うだけの人間のことなどかまっていられないのだ。くにとはまるで反対だ。あそこでは、ちょっと肌が黒いとか白いとかいう人間が現れただけで大騒ぎだ。たとえば、中国人がやってきてコインの店を新しく近所に開いたとき（コイン一枚でも商売ができるっていうんだから驚きだぜ）、俺らのあいだでは何か月も話題となったし、本人にもしょっちゅう話しかけた。中国人は、俺らの言葉を一言も話さなかった。はい、も、いいえ、も首を振るだけだし、売値の数字は計算機に出して見せ、バルではビールを指さして注文していた。俺らは何時間も一緒にわいわい過ごしたもんだ。サッカー選手の名前を繰り返し言わせたり、バイバイだかミンミンだか知らないが教えたり、冗談を言ってみたり、いろんな大ぼらを吹いてみたり、とにかく死ぬほど話したけれど、だれも中国人の言うことはわからなかった。でも、そいつを踏みつける人間は一人もいなかった。

振り返ってカルラの顔を見ると、俺の最初の思いつきもそう破壊的ではないと告げていた。二番目の選択肢と正反対の結果を選んだわけだが、結局最初と同じだったということだ。ということは、つまり、俺の一番最初のアイディアというものは、それを二度否定すれば結局最初に戻る、ということで、いいアイディアになるってことがわかった。カルラは時間の無駄だと言うかもしれない。一家の平和を危険にさらしたと。それはその通りだ、でも、俺はあえてその道を選んだんだ。その行為には一つくらいは長所もあったはずだ。停まっているバスの座席なんかで過ごさずすむよう、家まで乗せてもらう可能性を取る。

もう一度、思い切って男たちのところに入ってみようとしたところで、給油のためにもう一台のバンが入ってくる音が聞こえてきた。急ごしらえのトランプ会場と化していたバンよりも小型のその車は俺のすぐ隣に停まり、中から、なんと俺らが夕食をとった食堂のおやじがサンドイッチをいっぱい載せたトレイを抱えて出てきやがった。クソ野郎。こいつはサンドイッチの配達で、俺たちは間違ったバスに乗ったことで、再び会うことになるなんて。男らしいところを見せなくては。家族を家に連れて帰りたい、それだけを願う男を陥れるとはひどい野郎だ。

のんきに構えていたおやじは、俺に気づくなり自分のしでかした失敗を悟ったらしい。慌てたような音を出して、自分のバンを指さした。後部座席では小さな娘が眠っていた。いつまでもバンを指さし、何かを大声で言い続けている。七、と指で指すと首を横に振った。そうだよ、七番じゃなかったんだ、馬鹿野郎。おやじは申し訳なさそうな顔をして笑うと、もう一度バンを指さした。あと一歩、本当にあと一歩で俺はやつに殴りかかるところだった。もしあの娘もカルラもいなかったら、殴り合いを止めにかかるだろう太った男たちがいなければ、そして俺らを遠巻きに見ながらけしかける野次馬がいたなら、そしてここが自分の国だとしたら、とっくにやつの鼻面に一発お見舞いしていたことだろう。

やつがあまりにしつこいのでカルラを呼びに行った。カルラは、おやじも悪いと思って車に乗せてくれるならこんないいことはないとすぐに結論づけた。それは俺の考えではないので、悪い結果にはならないだろう。俺ら自身はどうやって家に帰るのか見当もつかなかったが、どうやらおやじはしっかり心得ているようだ。その親切面とやけに確信に満ちた様子が気にかかる。だが、このおやじは島民ではなさそうだ。お互い移民同士、助け合いの精神ということかもしれない。見ず知らずの人間の決定をどう判断すべきかわからないまま、カルラがとっくに乗りこんで俺を呼んでいるバンに続いて乗った。

黙りこくった俺たち一家を乗せて、車は走った。抱え込んだスーツケースのせいで前が見えない。おやじは何かをしゃべり続け、指で七を作っては首をかしげていた。あまりに自信たっぷりに車を走らせるので、この男のことを前から知っているような気がしてきた。風呂場ですれ違うお隣さんの一人なのかもしれない。どうやら、今は見ず知らずの人間の決定に従うしかなさそうだ。もう一つ学んだな。それは友愛の精神だ。無償の親切心。そういうのは、金が絡まないからこそ、いつも不審な目で見られて疑われるものだ。もしかしたら、島には親切な人間が実はあふれているのかもしれない。みんな俺たちを夕食に呼びたいと思ってくれているのかもしれないし、夜にカルラと映画でも観に行きたいと思えば、喜んでチビを預かってくれるのかもしれない。それなのに俺という人間は、自分自身のことすら信じられないものだから、そういう親切な人たちにすら背を向けていたのかもしれない。両手を広げて俺らを受け入れてくれようとする何万という人たちに、俺たちはふてくされひねくれた態度を取っていたのだろうか。

そして、おやじが車を停めてブレーキレバーを引いたときに俺はようやく気づいたんだ。警察に連れてこられたんだってことに。

5 神さまの大間違い

俺は走った。手負いのヤギのごとく。片手にスーツケース、片手にチビを抱え上げて走った。こんなに走ったのはあのとき以来だ。くにの交番のおまわりが扉を開け、おい、逃げろ、ここから逃げるんだ、と言ってくれたとき。実際、こういうときにベビーカーがないのは不便だった。俺にとっても、俺の首に爪を立ててしがみついているチビにとっても。どうせなら、しっかりした車輪つき、頑丈なフレームでシートが取り外せるやつがいい。同じ柄の足カバーがついていて、小物入れのポケットに、防水カバーもできればほしい。おむつ替え用のシートは要らないし、キャリーも必要ない。パラソルとかおくるみも必要ないが、車のチャイルドシートにもなるやつなら将来便利かもしれない。

盗むという手もある。威張れる行為じゃないが、この場合はしかたないと言えるんじゃないか。ベビーカーを一台買える人間なら二台目も買えるだろう。でもって俺は、道のはじっこに捨ててあったベビーカーを拾ったはいいが、どう警察に届けたらいいかわからなかった、ということにしよう。盗むならうちの近くの公園がいい。盗むっていうか、盗みとも言えないくらいのことだ。あそこの母親たちは、自分の子こそがどの子よりも利口で、可愛くて、愛想がいいと見極めることにかまけていて、ベビーカーなんてそっちのけだ。あいつらはなんでもかんでも競争している。何度夜中に起こされたか、病院に駆け込んだか、夜泣き、乳歯、よく手伝ってくれる夫、もう自分は子どもじゃないとなかなか理解しない夫。自分たちの立場をうらやみ、同じように子どもに母乳を与えたいと願う女たちを思ってはため息をつく。生きる意味とはなんなのか、まだ母親になっていない人は本当には知らないのよね、と。独身女たちはフェロモンをばしばし出してやけに露出した服を着て、流行のマタニティーブルーとやらに悩み、ウエストもでっぷりしてきた妻に見向きもしなくなった夫たちを釣ろうとしている、とでも思っているんだろう。くにの公園でもまったく同じ光景が繰り広げられているにちがいない。あの公園で放りっぱなしのベビーカーにチビを乗せて何気なく歩き出せば、見とがめられることもなくその場を離れることができるだろう。息子を乗せたベビーカーを押している父親のどこに怪しいところがある？

　警察がある官庁街の通りはやたらと長い。しかも、建物が全部くっついて建っているものだから途中で横道に入ることもできやしない。手ぶらで運動神経も俺よりいいカルラは、走って、走って、とそれだけを言っていた。鞄も子どももあたしが持つわ、とは言ってくれない。チビは怯えきって息をするのも忘れているようだ。最初の角を折れて坂を下り、無人の駐車場でようやく足を止めた。チビを車のバンパーに座らせると、肺が口から飛び出すかと思えるくらいに咳きこみ、少しずつ息を整えていった。顎が燃えるように熱い。

　公園の奥にある家の形をした一角に身を寄せられるかどうか見に行った。それは外枠だけしかない大きな家だった。だれかが家に石膏を流し込んで型をとり、外側だけをここに捨てて行ったみたいだ。この家にはだれも入《い》れるものかと考えたやつが建てたに違いない。カルラはぴりぴりして、警察から追手が来ないか確かめに出たり入ったりしている。俺はチビの顔を拭いてやり、ぎゅっと抱きしめ、すぐにおうちに帰れるからね、と言ってやった。お水が飲みたい。うん、お水もすぐあげるからね。チビは耳を貸さず、母親が来るまでぐずり続けた。こういうスイッチが入ると、もう母親でないとだめだ。俺は、お腹がすいたとか頭をベッドの枠にぶつけたとか尻餅をついた、なんていうときのぐずりはあやしたり、お菓子で釣ったりしてごまかすことならできるが、そういう突発的なこと以外は、とにかくカルラしかなだめることはできない。それが俺にはどうにも腹立たしい。石の投げ方を教えたのは俺だ。洋服だんすのよじ登り方も、腐った牛乳の見分け方も、これから人生を生きていくのに必要なことを教えてきたのはこの俺なのに。本当ならチビと一対一で、その幼稚な態度はどうだ、と説教したいところだ。男と男の話し合いだ。泣きべそはなし。ママを呼ぶのもなし。だが、結局、俺はチビに謝っていた。袋に半分ほど詰まったカネと引き替えに、新しい人生を俺に約束したロマ人の言うことなんて信じてごめん。プレイステーションが入った荷物を奪われるものかと抵抗してごめん。強盗に刃向かってしまってごめん、そいつにナイフなんて向けてごめん、あれで人生がすべてだめになった。

俺の謝罪を受け入れてくれたのかどうか、息子は何も言わなかった。俺が一生懸命なだめている間に、母親の肩に頭を乗せて寝入ってしまったからだ。その母親は怒りに燃えたまなざしをこっちに向けていた。俺を罵りたかっただろうし、もしかしたら殴りたかったのかもしれない。だがそうはしなかった。今までだって、一度もそんなことをしたことはない。俺が決めたことを至極当然であるかのように、不運を一つひとつ受け入れてくれた。俺の言うことを聞かなかったのは一度だけ、俺が一人で島に逃げると告げた時だ。一人でなんて行かせやしない、と言うなり、そのまま家族に別れも告げずに一緒にバスに乗り込んで来た。島まで二週間かかることも知らず、俺は阿呆な男なんだということを信じようともせず、この馬鹿男から逃げ出すには今が絶好のチャンスだという事実を見ようともしなかった。頑として、俺にだってうまくやれることはあるはずだと言ってきかなかった。俺にできることを並べ立ててはくれたが、どれも大したことではなかった。それでも、カルラは次々とそれを言いつづけ、しまいにはあんたが馬鹿ならあたしも一緒だ、と言い出した。あたしも馬鹿なら、これで話は決まったじゃない、と。あたしたちはお似合いの馬鹿夫婦で、お互い一緒にいるしかないってことでしょう。二人とも救いようのない馬鹿同士だから、お互いを見失うことすらないわ、と。ただし、本当のところ、カルラは全く馬鹿なんかではなかった。第一、こういう話を仕掛けてくることからもそれがわかる。この話の持っていき方こそまさに頭の良い人間だという証拠じゃないか。話をあっちこっちに迂回させて、それを聞いている人間はよくわからなくなって、いつもは反対していることにすら賛成するはめになる。相手の頭を混乱させて、話の本筋がどうなったか理解させないようにする完璧なやり口だ。それでいつも、俺はいつのまにやら、うんと言うんだ。うんと言うつもりなんかこれっぽっちもなかったくせに。

身勝手な雨が自己主張を強くしはじめて、俺たちは煉瓦造りのからっぽのガレージに身を寄せた。島ではなんでもかんでも小さな赤い煉瓦を積み上げて造る。穴もなく、どこにどう電線が通っているんだろうと以前から不思議でならなかった。穴だらけのくにの煉瓦をここで売ればうまい商売が始められるかもしれない（俺が、か。同郷の移民のほとんどが働いている工場で、鶏肉を箱に詰めるという仕事すら一度だってやったことがない、この俺が）。こんな具合でできるんじゃないか。郵便であっちの煉瓦を一個か二個取り寄せて、それをサンプルとしてこのスーツケースに入れて持ち運ぶ（全くいい買い物をしたもんだ）。石工たちがよく通る場所に品物を広げて反応を見て、売上の一部で通訳を雇い、質問があればきっちりと答えるだろう。あとはもう、煉瓦を注文するだけだ。あっという間にカネがざくざく入るだろう。販売前の煉瓦を保管する倉庫を借りなきゃならないかもしれない。まあ、部屋の前とか廊下に一日二日積み上げて置いたところで、たいした問題にはならないだろうけど。煉瓦の引き渡しには白タクを使おう。通訳に頼んでもいい。通訳だけでなく運転手もしてもらうんだ。これは最初からじっくり練り上げた方がいいアイディアなんじゃないか。忘れないように、家に帰ったらすぐにメモしておかなくては（とはいえ、始動するには少し待った方がいいだろう。だれに聞いても島の建築業界はくにと同じく不況にあえいでいるらしいから。もう二、三年早くここにたどり着いていれば、穴ぼこだらけの煉瓦で一儲けしていただろうに）。

雨が降りはじめると同時に警察の車も姿を現した。俺たちを捜してライトを照らしながらゆっくりと側を通って行った。車内にいるのは、俺たちより少し若い年頃の男女のペアだ。男の方は人のよさそうな顔をしている。子持ちだとすれば、子どもらは家にいるんだろう。島の警察は不法労働者や犯罪者の追い出しの厳しさではとかく有名だが、この二人はそれほど意地悪そうには見えなかった。大昔、島では罪人を牢屋にはつながず、世界の果てにあるほかの島にそいつらを送り込んで二度と本島には戻らせなかったって話だ。俺はその島なら送り込まれてもかまわないと思っている。聞いたところでは、だいぶ広い島らしく、みんながゆうゆうと暮らせ、気候も良く羊肉がやたらと旨いらしい。くにに送還されるのでない限り、どこでも、まあいいんだ。カルラは向こうに帰ったって世界の終わりというわけじゃなかろうにと言う。確かに。自由市民でいられる俺の立場が終わるってだけだ。忘れようとすれば忘れられる些細なことではあるが、一家の日常には何らかの影を落とすことは必至だ。カルラは本当に俺と離れたくないんだろうか。ときどきわからなくなる。

行こうか　とカルラに声をかける。
この子寝てるのよ
ここだと警察に気づかれる
とも限らないでしょ
この子をスーツケースに入れたらどうだろう
ふざけないでよ　子どもを鞄に突っ込むなんて
さっきまで本人も入ろうとしていたじゃないか

だけど　おかしいよ
ベビーカーとそう変わらないだろう
あたしは自分の子どもを鞄なんかで運びません
もう腕がくたくたなんだよ
もう追ってこないかも
そんなことありえないとわかってるだろ
大きすぎて入らないって
二人は入るぜ
落っこちない？
ファスナーを閉めて顔だけ外に出しときゃいい
だめよ　子どもを鞄に入れて運ぶなんてやっぱり無理
寝てる子を運ぶにはこれしか方法がないだろ

（できたらチビには起きていてほしかった。喜ぶ顔が見たかった）

渋るカルラを横目に息子を鞄に入れて胸までファスナーで閉め、手の上に頰を乗せてやった。チビが目を覚まして泣きわめき、警察の注意を引かないようにゆっくりと坂を上った。

た。その間にもパトカーがもう一度通ったが、こちらには気づかず坂を下って行った。俺たちは、どこにあるのかわからないが、ここよりはましなどこかへ向かって歩きはじめた。

ガレージの泥が靴底にこびりついて足が滑った。チビが入って重みの増したスーツケースはやたらとでかい音を立てる。これでは捕まえてくれと言わんばかりだ。やっぱり身を隠していたほうがいい。警察が夜回りを終えたら、どうするか考えることにしよう。たとえ日が昇ったところで見えてくるはずのない解決法を見つけるのを先延ばしにする言い訳、言い訳の連続。よくパニックに陥らないなと我ながら感心する。前もってこの日にこういうことがあると知っていたら、突然道のど真ん中に飛び出して、通る人たちにすがりつきたいという衝動に駆られることもなく、こんなに淡々と長時間過ごすことができるとは信じられなかっただろう。だが、本当の悪いことっていうのはこういうもんなんだろう。たとえばだれかが、もう自分は終わりだと思っているとする。命がどんどん手からこぼれ落ちていくようで、尻には腫物ができ、胃からは苦いものがこみあげてくるし、ストレスで肺は押しつぶされ、心臓は弾けそう、それなのにまだ生きている、といったようなときだ。少しずつ状況はましになり、たいして悪くもなくなり、そのうち好転してきて、悪いのも一時だけだったなと思い返すようになる。あまりに悪いことが起きた後の人間は、自分はなんて恵まれているんだろうといともたやすく思うようになるもんだ。ごまんとあるバスの中のたった一台に乗り込んだら爆弾を持ったテロリストと同乗することになり、血まみれになって気を失い、目を覚ますと脚を一本失って、ついでに職もなくして外に出かける気持ちも失せたというのに、自分は運がよかったと思うのが人間だ。片方の脚は残っているし、命もあるし、両腕まで失くしていたらもっとひどいことになっていただろうと思うからだ。

俺はそんな風にはならない。この先の人生、家に帰る道を探すことに費やすだなんて普通じゃない。どうしても見つからないのなら、ほかの方法を探すまでだ。結局はそんな必要ないに決まってるんだ。俺たちはいつか家に帰り着く。それは絶対だ。ただ、その時まであとどれくらいかかるのか、今のところは見当がつかないってだけだ。

パトカーは姑息にも坂の上に回り込んで俺たちを見つけようと待ち構えていた。とはいえ、もうライトは点けていない。そろそろあきらめて帰ろうかというところなのかもしれない。男の方は無線に向かって何かをしゃべっている。パトロール終了の報告なのかもしれない。と思わせておいて、突然向きを変えると俺たちの方に向かってきた。今度はさらにのろのろと走らせ、赤い灯りをくるくるまわしながら俺たちを捜している。俺たちはそばの建物の柱の陰に息をひそめて隠れた。やつらに囲まれているど真ん中で、急に雄たけびを上げないように、目を覚ましかけているような息子の口をカルラはふさいだ。

なんとか追手からは逃れたようだ。俺はこのままずっとさまよい歩く透明人間でいたいと思った。この数か月間島民はさんざん俺を無視して放ってきたんだから、警察もそれに倣うべきだろう。やつらの家に棲みつく幽霊のままでいたいんだ。あんなふうに注意を向けられたってうれしくもないし、仲間に入れてもらったとも、いっぱしの人間として認めてもらったとも感じられない。

俺が望んだものはいつだって一つも叶ったことはないし、叶うかと思えば、ちょっと違うんだよなあ、という形で実現する。そう、俺の人生をひっくり返すにはじゅうぶんな形で。まず、迷子の状態からの脱却を望んだのは俺だが、そうしたところで問題は一向に解決されず、かえってことはややこしくなった。些細な問題はどんどん些細になっていき、大きな問題はもはや自分の手には負えないほどになって、この俺ですら神に頼る始末だ。しかもその神すら、結局はとんでもない解決法を迫ってきた。何かを願うなんてことはしちゃいけなかったんだろう。望みを一切持たずにいれば安全だったのかもしれない。俺と神との関係はもう長いことこじれたままだ。俺がしつこく願い、次こそは頼むぜと思うのに、野郎はクソみたいな返答しかよこさない。こんな仕打ちを受けるなんて、俺がいったい野郎に何をしたってんだ。そりゃあ、いつでも神のことを考えているかというと、そういうわけでもない。たまにいろんなことがうまく回っていると、神に話しかけることすらしない。あちらさんも忙しいだろうから、あれこれ頼みすぎるのもどうかなってことだ。ところが、野郎はなかなか根に持つタイプだった。自分を無視するやつのことはきっちりメモをしておいて、後で思い知らせるらしい。そんなことはしなくたっていいのに。俺一人だけでもじゅうぶんすぎるほどに厄介ごとを引き寄せているんだから。甘やかされたお坊ちゃんなんだろうな。俺は、ここで、この瞬間に、あらゆる信仰心を捨てることを固く誓った。神との関係を絶つ。このことについてはこれ以上話すつもりもないし、神に話しかけるつもりもなければ、神のことを話題にするのもおしまいにするつもりだ。存在しなければ、俺に悪さをすることもできなくなるだろう。

たった今、俺は神を殺したんだ、つらいことだがこれもみんなのためだ、とカルラに告げたかった。お前さんだって一人厄介払いができただろ、と神にだって言ってやりたい（が、これこそが問題なのだ。野郎はだれが何をしても、一向に気に留めない）。名声をほしいままにして、自分はだれよりも偉いと思っていやがる。ところが、野郎にも気づいていないことが一つある。みんなが野郎のことを信じるのをやめたら、野郎はだれでもなくなってしまう、ということだ。そうなったら、どうするつもりだろう。今度は野郎が拝み倒してくる番だ。信者が一人もいなくなったら、野郎は何をして過ごすんだ？　飯のタネはどうする？　供物もなく、教会もなくなれば寝床すら失う。にっちもさっちもいかなくなるだろう。道で寝るか。貢がれることに慣れ切っていたのが一人きりでどうするか、ぜひ見てみたいものだ。

こんなことを口に出して言うのは罪なのかどうか、俺にもわからなかったからとりあえずは黙っておくことにした。カルラも、神殺しについて聞きたい気分ではなさそうだったから、話しかけないでおいた。人生で二度目の殺人となる。しかも一年のうちに二人も殺したことになる。それにしても、神が死んだにしてはやけに静かだ。これから世界の終焉が始まろうというのに。たぶん俺のほか、神の死をだれも知らないからだろう。気づいた時にはすでに手遅れだし、犯人を見つけることもできないだろう。俺の最初の事件よりも証拠は少ないはずだ。というか、証拠なんてない。唯一の証拠は俺の自白になるが、俺には自白する気なぞさらさらない。俺が自首したところで信じるやつもいないだろう。ふらふら出頭しても武装しているかと思われかねない。

神不在の人生というのはなかなか厄介になるだろう。神意なのか不運なのか、自分に起こったことを理解する手立てがなくなる。要するに、自分で自分の人生の責任をとれってことだ。そうであるべきだろう。たった今俺が犯した殺人のせいで、俺は全世界の人間を孤児にしてしまったも同然のことをしたと気づいた、と同時に、自分自身にしっかり準備をしておくように言い聞かせた。

準備しなかったら？　と俺が答えた
しなきゃだめだ　と俺は俺に返した
言うは行うより易し　だな
だいたい　初めからわかってたことだろう
だからなんだ
助けがほしかったんなら　彼を殺す前に　羊でも捧げておけばよかったんだよ
思わずやっちまったんだよ　後先も考えなかった
つまり衝動的に神を殺しちまったのか？

みんなに恨まれるかな
おそらくな

人は、そのほうがいいということに気づかないこともある。神の物語にはちっとばかりおかしなところがあったと気づくまでに時間がかかるだろう。単純なことも、それはなんなのか考えるべきだったんだ。たとえば神は父であると同時に息子であるとか。神の頭が若干おかしくなりはじめている兆候だな。それに、あの関係性のあいまいなこと。若者はいやでも父親の仕事の後を継がなきゃならなかったんだ。この話がどこか臭うと考えているのはどうやら俺だけじゃないらしい。そのあたりに詳しいやつが言っていたが、そういう話で映画を作った監督がアメリカにいるそうだ（そりゃあ神は面白くなかったにちがいない。その映画をもみ消そうとご神託を下したはずだ）。

警察はあきらめたのか、それともほかの通りで待ち伏せをすることに決めたのか、いなくなった。とりあえず腰を下ろすことができた。ゴミのおじさんが手押し車を押しながらやってきて、俺らに頭をちょいと下げて挨拶するとゴミ箱からゴミではないものを引っ張り出しはじめた。つばつきの帽子をはすに被り、ジャージの上下を着ているおじさんは、なんだか今どきっぽくて、ストリート・アーティストっぽく見えなくもない。もしかして、最近テレビで見た歌手の一人かもしれない。おじさんは新聞と空き瓶とミシンをゴミ箱から引っ張り出した。手押し車にはほかにも新聞とラジオが一つと片方だけのサンダルが三足あった。二足は左足用、残りは右足用に見える。おじさんは十分もかけずに今日の朝食代になりそうなものを集めていった。もう少しゴミ箱があれば、昼食と夕食ぶんも見つけられそうだ。きっと、家賃だけ稼げばいいんだろう。見たところ洋服も買う必要がなさそうだ。おじさんがここで見つけた分の上がりは税金も払わず丸ごと自分のものになる。あの仕事じゃ稼ぎは知れてるし、時給で見積もってもたいしたことなかろう。老後のために少しとっといたとしても、たまにサッカーの試合を見に行くくらいの小遣いは貯められるんじゃないか。

おじさんがいなくなった途端に、これで一儲けできるんじゃないかと考えはじめた。まず、台車がいるな（カルラはこの新しいスーツケースを使うことは許してくれないだろう。ゴミを運んだあと、しまう前にはきれいに拭くからと言ったところで聞いてくれるはずがない）。それから軍手、ゴミ箱の設置場所がわかる地図、夜の収穫を翌朝買ってくれそうな人たち。ゴミを買ってくれる人は何万といるだろうが、そういう人たちがどこにいるのか俺にはわからなかったし、だいたい言葉も通じない。おじさんについていけばいいか。俺が完全にいかれていて、カルラには先に行っててくれ、俺はあの人の後をついてどこをどう回るか見てくる、そうすれば自分でまだ使えるゴミを集めて一商売始められると思うんだと言ったらどうなるだろう。

周りをあらためて見渡してみると、この建物の軒先はなかなか居心地がよかった。清潔で、ねずみの落しものもなければ公衆便所の臭いが漂ってくることもない。ペンキが剝げかかっているところもあるが、それもどうということはない。階段を上りきったところにあるエレベーターの扉にはスプレーでちょっと殴り書きがしてあり古いシールが貼ってあるが、それだけだ。もしかしたらまだ使われているエレベーターなのかもしれない。運が良ければ、だれかが降りてきて、俺たちを見つけても怯えたりせず手を貸そうとしてくれるかもしれない。もちろん、施しがほしいわけじゃない。ただ、うちへの帰り道を教えてくれればいいんだ。

だがその前に、おまわりたちがくたびれるまでもう少し待たないとならない。この島の警察はよっぽど暇なのか、いつでもどこでも、パトカーがクラクションを鳴らして飛び出してくる。くにとは正反対だ。あっちではとっとと来ないとテレビ局に言いつけるからな、という脅しの電話でもかけないことには、パトカーの出動なんてありえない。

あたし帰る　カルラが禁を破って口を開いた
低い声でしゃべれよ
知るもんか　帰る
どこに？
家に
俺も行くよ

じゃあ　立ちなさいよ
もうちょっと待てよ
待てない　四時間後には起きなきゃならないんだから
やつらがまだいたら　どうする？
どうなるの
どうなるか　わかってるだろ
あたしは　なんにも悪いことしてないし　こそこそする筋合いもない
ただ帰りたいだけ
俺だって帰りたいよ　でも警察がいたら困る
じゃあ残れば
俺を捨てるのか
あたしが捨てるんじゃない　あんたが残りたいんでしょ
なんで　こんなことを言い出すんだ
言ったでしょ　眠いのよ
俺だって
じゃあ　立ち上がってよ

帰り道がわからないだろ
警察に聞いてくる

ああ、やっとわかった。こいつは最後にこういう目にあわせるために、ずっと俺の側にいたのか。ほかに何も考えられなかった。俺の思いつきはことごとく俺を手厳しく裏切った。まるで俺自身が自分の敵で、常に自分に対して何かを企んでいるみたいだ。俺は、俺を支配し、ことごとく反抗する俺を憎んでいた。俺自身が俺を呪い殺そうとしているのは、ここで始まった話じゃなく、くにいるときから続いていた。俺はずっと俺をはめようとしていたんだ。それともこれは神が仕組んだことか。神が死んでも、その手下が、ご主人様の言うことを聞かない輩に目をつけてくるんだ。それだから今の俺は何も考えられないんだな。やつらは何もかもお見通しで、相手を見つけたら迷わず復讐が始まるんだ。

とりあえず、ごたごた考えるのはやめよう。俺は立ち上がった。エレベーターの扉に意識を集中させる。あの奥に光が見えた気がした。そんなはずはない。この建物には俺らしかいない、だれも何も呼んでいない。何かの反射だったんだろう。

カルラが俺を捨てるはずがない。そう脅せば俺が動くと思っているんだ。何かいい考えを思いつきなさいとプレッシャーをかけてるだけだ。だが、目つきがいつもと違う。眠いからか。口をきくのも面倒なのかもしれない。あいつがどこかに行くなんてありえない。ましてやパトカーを呼びとめて俺のことを密告し、翌日には強制送還させようなんて思っているはずがない。

カルラを止めなければならない時に備えて、一応階段を二段降りた。カルラはまだ、帰る、帰ると言い張っていて、俺にはあいつの本心がどうにもわからなかった。一番の可能性は、本当に帰りたい、俺から自由になりたがっているということだ。だが、そんなのは俺をサツに突き出さなくたってできることだ。俺を放り出して、最低限の保障と国の援助をもらう方法を考えているのか。ずいぶんご親切なこった。いや、それはない。それはあまりに入念すぎる。たとえカルラでもだ。きっとカルラはそれ以上もう何も言えないから、帰る、と繰り返しているだけなんだ。ここで眠り込む前に、最後の願いを口にしているだけだ。声だって眠たげじゃないか。いつも肩からぶらさげているもんだから、使用年数よりもだいぶ古ぼけてしまったバッグみたいに見える。俺が働きはじめたら、まずはバッグを買ってやろう。白じゃない方がいいな。黒か茶、その方が汚れが目立たない。そんなに大きいのにしなければ、ぶきっちょな丸で囲んだレシピが載っているフリーペーパーを持ち歩いたりしないだろう。そこに書いてある食材なんてどれもほとんど知らないくせに、カルラはいつかこんな料理を作るんだと夢想している。

いろいろと考えるのはやめだ。頭を真っ白にしようとした。何かに集中すれば頭を空にできることは知っている。壁の汚れに手を当てて、そこから一歩も動かないと決めた。

カルラは俺の考えなど知る由もなく、その間抜け面をやめて早くこっちに来なさいよと言っている。その間抜け面、という言葉で俺が動くと思ったか。残念無念。そっちがまじなら、こっちもまじだ。今の俺にとっては最高に難しい選択を迫っているということを自分でもわかってもらわなけりゃならない。野宿をするってのはあまり魅力的ではないが、だからといって警察の門をくぐるってのもそそられない。ちょっと待ってくれ、ほんのぽっちり我慢をしてくれと頼む。だが、見たところ、もう万事休すという感じだ。どうやらほんとうに決断の時が来ているのかもしれない。その前に、どんな選択肢があるかを確かめておこうと思った。とりあえずそれを並べて、どれが最良で、どれが最悪で、どれがまあまあなのかを見ておきたい。だけど、それは急いでやるもんじゃない。どんなものがあるかを考えるだけで何時間もかかるだろう。慌てて出した結論がうまくいくはずがない。こんな重要な決断を下すなんてそうしょっちゅうあるもんじゃないし。カルラが俺に迫っているのは直感に従えということだが、直感なんてもったことがない。というか、俺にはそういう直感が欠けているんだ。いつでもじっくり腰を据えて考えてから動き出すタイプなんだから。そうでないことをすると、いつでも失敗に終わる。俺は貧乏ゆすりを始めた。

神経のせいだ。こういうのは得意じゃない。俺は戦闘機のパイロットにはなれないだろうな。なんとかいい知恵は出ないかと頭を絞ったが、何も出ては来なかった。もう一度がんばった。

一度、あることで決断を下す実験を試みたことはある。結局実際は下さなかったのだが。もう決めたふりをして、その結果がどうなるかをうかがっていた。だいぶ待たされた。あまりに時間がかかるもんだから、忘れないようにとメモまでとった。何か月もたってから、いろんなことがいっぺんに起こって、やっぱり下したつもりの決断は間違っていたということがわかった。そのとき学んだんだ。時間を味方につけずに下した決断は、時間が経つと必ずしっぺ返しがあると。カルラは早く早くと大声を出したり、俺を捨てると脅したりしていたが、俺はあの過ちを犯すわけにはいかないんだ。特殊な過ちというわけではなかったが、俺みたいな人間がいかにも踏みそうなドジだった。

カルラが俺を置いて逃げようとしたまさにそのとき、大声で騒ぎながら階段の下に姿を現した不良たちの一団に苦境を救われた。いかにも悪そうだったし、悪そうな服装をして、悪そうな声で吠えまくって、とにかくどこから見ても悪そうなやつらだった。その上だいぶ見栄っ張りでもあった。まず、それぞれが互いにどれだけ大きなナイフを持っているかを俺の目の前で比べっこしてみせた。手ぶらの俺は試合をする前から負けてるってのは火を見るより明らかだ。カルラは後じさった。あと少しで俺から自由になれるというところで、また振り出しに戻ったんだ。不良たちが指の上にナイフの刃を乗せて器用に回すのを見る間もなく、カルラは鞄とチビを間にしてさっと俺の背後についた（身を隠したんじゃない。俺を支えるためだ）。

不良たちは吠えまくりながら、俺たちを隅に追い込んで来たが、チビが鞄に入っているのを見つけると爆笑しだした。それで、よかった、とりあえず喜ばせることはできたわけだ、と思った。一番大騒ぎしていたやつがチビの頭を撫でようとしたが、その手にカルラのしっぺが飛んだ。おい、あんまりやつらに手を出すなよ、と俺はささやいた。どうしても必要なときだけにしなけりゃ。やつらに何かを教えるなら、まだ対話のほうがましなはずだ。この点については最初から俺とカルラとでは常に意見の食い違いがあった。カルラは、子どもの行儀を直すには叩くのが一番効くと代々考えている家族の中で育ってきた。俺は、たぶん、カルラなんかよりもずっと多く殴られてきたからこそだろう、一日に何度も平手打ちを食らうやつが必ずしもダメなやつとは限らないし、子どもにナイフとフォークで飯を食うことを教えるのにいちいち痣をつける必要はないと思っている。

不良たちは、芸もなく、カネをよこせと平凡なことを言ってきやがった。携帯、宝石、車、アルコール度数五度以上の液体といろいろなクスリとに取り換えられるものならなんでも。くにでも島でも、こういう連中はみんな同じだ。一、二時間トリップしたがるくせに、くそみたいな現実からは出ていこうとしない。俺は精一杯、島の言葉を使って自分らが一文無しだということを伝えた。ついでに、俺だって一発ガツンとほしいんだ、それでも、年を取ると生活も変わり、責任も生まれて、いつしかワインより先にミルクを買わなくちゃならなくなるもんなんだってことも教えてやった。なのに、やつらは俺の言うことがわからなかったのか、面白くなかったのか、どこかのビデオを繰り返し見て練習でもしてきたのかよと言いたくなる仕草で俺の喉元にナイフを突きつけてきやがった。俺は残念ながらほんとに何も持ってないと言いつづけた。というか、こいつらも頭が足りねえよな。こんな時間にうろついている家族連れがどんな金目のモノを持っているってんだ。だが、この野犬どもにはどうでもいいらしい。もしかしたら家族連れ相手に強盗をはたらくのは初めてなのかもしれない。手慣れた人間特有の妙な落ち着きがこいつらからは感じられない。俺は、こいつらに憐みを覚えた。寒さと雨に耐えて一晩じゅう獲物を待っていたというのに、ようやく捕まったのが、鞄に子どもを入れて道に迷っている移民の家族だなんて。一方、ガキどもは一片の憐みもなく俺らのポケットに手を突っ込んで一枚残らず小銭を引っ張り出した。札は一枚もない。夕食のときに全部使ったからだ。携帯には見向きもしなかった。流行の先端をいく若者にはこれでは型が古いんだろう。チビを起こさないように、やつらは黙って静かにスーツケースのポケットも探っていたが、何も見つからなかった。一番小さいのが、お母ちゃんが恋しくなったのかカルラの胸元に手を伸ばしたが、カルラに手ひどいしっぺをくらった。こいつら、もしナイフがなかったらカルラからいったいどんな目に遭わされていたことやら。やつらは大笑いしながら逃げはじめたが、通りに出る前に俺が呼び止め、バス代だけは返してくれるよう頼んでみた。すると不良どもは、島の人間特有、先祖代々から伝わる阿呆面でポカンと俺を見つめやがった。俺は通りの向こうのバス停を指さし、人さし指と親指をすりあわせて見せた。すると、ああそういうことかという顔をして、きっちり二人分のバス代だけを返してきた。チビはまだバス代はいらないということも知っているんだろう。どのバスを捕まえればいいのかやつらに訊ねてはみたが、ただ道を指さすだけでは、何が通じるわけでもない。だいたいやつらにとってはどうでもいいことだ。互いに肩を組み、ずり下げたズボンの腰からパンツを見せびらかしながら逃げていった。

こうして島は、俺たちから、俺たちが持ってすらいないものまで奪い去った。

6　偽りの思い出

俺は自分がおとなしくしていられたこと、この状況に落ち着いて対処してだれの腹も血に染めることがなかったことがうれしかった。俺だって、自分を窮地に追い込まない方法をちゃんと学んだんだ。考えないってことが功を奏しはじめている。これまでの失敗に感謝しなくちゃならないな。

ナイフを向けられたらどうするつもりだったのさ　カルラは口角から泡を飛ばして俺につめよった

ナイフって？　さっきのこと？

馬鹿じゃないの　なんにも考えてなかったの

お前のしっぺは　熟慮の上の行動か？

あたしにちょっかいかけてきたのに　あんたは見て見ぬふりで
何をすればよかったんだ　刺されてほしかった？
こういうことに対しては　男を見せてほしかったのよ
金を返してもらったことに褒美はなしか？
いくら盗られたの？
たいして　と言いながら手の中の小銭をぐっと握りしめた
ひどいやつら　ただでさえ貧乏なあたしたちから　なけなしの金を盗っていくなんて
でも　それほど大金ではないよ
そりゃあね　あんたが稼いだわけじゃないしね
今　それを言うのかよ
言いたいことを言わせてもらう　あれはあたしのお金だもの

カルラは言いたいことが多すぎて言葉にならず黙ってしまった。俺は返す言葉がなかったから、口をつぐんだ。壁に背をもたせてずるずると座り込む。黙っているほうがましだ。今の強盗は情け容赦がなかった。カルラにはそうとは言わず、勝手にいらいらさせておいた。だが、カルラの方は注意を向けてほしがった。自分が受けたひどい仕打ちから逃れるために、同じようにひどいことを他人にしたがっていた。その矛先が俺に向かってくるのに時間はかからなかった。うちに帰りたい、うちってあの部屋のことじゃない、そう言い出した。強盗にあっても、せめてこれがくにだったら、言いたいことが言えたし、助けを求めることもできた。兄たちに頼んで翌日に現場を見て回ってもらえた。堰を切ったように、カルラはすべてをぶちまけはじめた。もうこんな生活はうんざり。あんたがぶらぶらしてるのを見るのも、息子に友だちがいないのも、自分がだれともおしゃべりできないのも、もうたくさん。くにに、家族のもとに帰りたい、あんたしかいない生活には飽き飽きした。もう一度、通りで掛けられるからかい言葉にすぐさま言い返して相手をやりこめられるカルラに戻りたい。わけのわからない味の食べ物を口にするのはうんざり。スーパーではコリアンダーもクミンもオレガノもミントも見つからないし、パックで売られた切り身の魚はもういや、頭も鱗も尻尾もないなんて、元はどんな姿かもわからない、あんなの魚の尊厳を奪っている。炭焼きのタチウオにトマトとひよこ豆と炊いた米が食べたい。新しいレシピを雑誌で見つけたいし、慣れた材料で料理をしたいし、毎週日曜には星座占いを読んでその週の心構えをしておきたい。家の戸口で友だちと立ち話をしたい。山から下りてくる湿気ですら懐かしい。

毎日、傘を持って出かけなきゃならない生活はもうたくさん。外国語だらけの書類でいっぱいの机を掃除するのも、何を言っているのかわからない同僚たちの冗談ににやにや笑うのもうんざりした。どうせ、一言もわかってないあたしのことを馬鹿にして笑っているに違いないんだから。学校で落第した科目はたったの二つ、しかもそれは出席日数のせいだったこのあたしなのに。ここではテレビを観ていてすら自分が馬鹿なんじゃないかと思えてくる。新聞でどんな悪いことが起きたと書いてあるのか知りたい。クソ、字幕があればいいのに。みんなと同じ普通の人に戻りたい。いっつも何かを指さしたり、ゆっくりしゃべってもらったり、身ぶり手ぶりで、それでも結局何も通じない自分がどんどん阿呆に思えてくる。通り過ぎる人がみんな怪しげに見える道路を歩くのはもういや。だれかに間違えられたり、あたしには答えられないことを訊ねるために声をかけられるんじゃなく、あたしと話したいと思ってくれるだれかと会える通りを歩きたい。うんざりリストは際限なく続き、途中から俺は、カルラがほしがっているものは、俺にも島にも逆立ちしても与えられないものばかりだと気づいた。あたしは帰る。あんたは帰りたきゃ帰ればいいし、残りたければ残りゃいい、とカルラは言った。

なんで俺たちが逃げたのか、カルラに理由を思い出させたところで、何にもならないと思った。最初は一人で行かせてくれ、生活が安定したらお前を呼ぶから、と頼んだじゃないかと言おうかと思ったが、やめておいた。そんなことを思い出したところで、何も変わらないことがカルラの顔を見ればわかったからだ。カルラが出ていったら何かいいことはあるだろうか。俺はもっと孤独で、寒くて、チビもいなくて、金もなくて、やることもなくなるだろう。

ずっとベッドにいればいい。腹を空かせないようにとにかくずっと目をつぶっていたほうがいいだろう。いや、部屋を出るのは俺のほうで、携帯も買ったのはカルラだから渡さねばならないだろう。そうだ、メールは入っているかな。何もない。この型は自分と同じ型の携帯からしかメールが入らないのかもしれない。やっぱり、このままカルラを行かせてもいいことは何もないと思う。俺が行かなかったらカルラがどう感じるかを聞こうとしたが、よくわからない返事だった。残るなら残るだろうし、行くなら行く。

カルラにすれば、牢屋にぶちこまれた俺の姿を見るのはたいしたことではなく、まつ毛が目に入ったくらいの痛みしか感じないんだろう。ちょっと買い物に出たら、ちょっと地下鉄が壊れちゃって、そのせいで俺は捕まって、女房に捨てられるんだ。

しみったれたことを考えるのはやめよう。意識を集中させる。島に住む利点を思い出させることにした。毎週末、カルラが刑務所に面会に来てくれるのを待つのではなく、今は毎日家で帰りを待っていられる。痣が残らないようにこっそり子どもをつねり上げるような暴力シッターにチビを預けることもなく、俺が毎日面倒を見てやれる。俺は家を掃除し、料理をし、買い物にも行く立派な主夫だと思う。文句も言わず、日曜日になればくにでは雑誌でですらお目にかかれないような品物を眺めに連れ出してやる。この島にも不況はじわじわと到達しているようだが、くにとは比べものにならない。このまま俺らがここであと数か月耐えぬけば、これからの人生もなんとか切りぬけるはずだ。俺の最初の一歩は失敗に終わった。それで、お前のがんばりに頼ることになった。お前は一言もここの言葉を知らないのに、くによりいい給料をもらうようになった。もう少しすれば、小金が貯まるだろう。退職金もきっと出る。島の言葉が話せるようになれば、もっといい仕事にありつけるだろう。なんてったって送迎つきの仕事だ。そんな仕事はくにだと大臣クラスの人間にしかありえない。お前は頭がいいし、雇用主だってそれは見ぬけるはずだ。それにここにしかない文化というものもある。彫像とか、興味深い歴史にまつわるいろいろなものとか。島ではくによりもあらゆるものが大きいし、品質もいいし、進んでいる。お前にだって、そのうち友だちができてテレビドラマの話をしたり一緒に買い物しに行ったりするようになるに決まっている。

カルラは黙ったままだった。それで、話題をチビに移そうかと思った。こいつは島の学校に行って、言葉も覚え、将来も、チャンスも、ものの考え方もここで得ていく、と。いや、そんなのはごまかしだ。何か月も、だれからもおはようとすら声をかけられず、一人で孤独を噛みしめるつらさをまだ知らない頃に描いていた夢だ。

俺だってくにが懐かしくておかしくなりそうだった。道ですれ違っただれかがくにの言葉を話していると、思わずついていった。会話に入ろうとはしなかった。俺はどうにも人見知りで、ぼくも同郷なんですよと話しかけたくて仕方ないのにできない。ちょっと言葉を交わして、会えてうれしかったと言いたかったんですよ、と伝えるだけでいいのに。俺の尾行がばれるときもあった。すると横目でちらちらと、何の用だと言わんばかりの態度を取られてしまう。俺も、その視線に気づかないふりをしてそのまま行き過ぎる。この、逸《はや》る気持ちを説明するのは難しいし、俺だって、後をつけられてチビに話しかけているのを盗み聞きされたらいい気持ちはしないだろう。そいつらと俺との違いはたった一つ。俺は好奇心で後をつけるんじゃない。必要に駆られてなんだ。

俺は通りに向かって歩き出した。ここにいなきゃいけないとカルラに説明するには三歩分の時間がある。日曜日に散歩をしたって、毎回迷子になって強盗に遭うわけじゃないだろう、とか。島にいると見落としがちだが、くにでの暮らしは楽じゃないことを直視しないと、とか。遠くにいると、いろいろなことを取り違えて見てしまう。望郷の念には触れず、ここの缶詰のいわしだって炭で焼いたのと同じような味がするじゃないか、と言ってみた。外国に暮らす人間は、偽りの思い出に注意しなくちゃならない。

ただ、カルラには思い出させてやった。くにには移民がどんどん入ってきていて、仕事を奪い、面倒を起こすばかりで、地元の人間にはいい迷惑だということを。ある意味、俺だって被害者だ。仕事の口がもっとあれば、やつらだって強盗をはたらく必要もないし、そうしたら俺を襲うこともなく、ナイフで刺されることもなく、俺だって逃亡して島までやってきて、ここのだれかの仕事を横取りしようとすることもなかったんだ。一本しかない釣糸にたくさんの魚がいっぺんに食いつこうとしているようなもんだ。状況が悪いと知っていたところで、俺に何ができる？　世界の悲惨さを両肩に背負うのか？　そんなことは無理だ。だれかが俺の肩に重い荷を乗せてこようとするなら、俺にだってそれをほかのやつにパスする権利はあるはずだ。そんなことは小学生にだってわかる。

　こうした移民については、あっちではよくセントラル・カフェで議論になっていたもんだ。国際化がどうのこうのきれいごとを並べ立てるのは、食べものに困るようなことが絶対にないやつらだ。コーヒー一杯飲みに行く［ポルトガルではコーヒーの値段は安く、日常的にカフェで集う文化がある］のも、その前に財布の中身を確かめなきゃならん俺みたいな人間にとっては、そんなご託はクソ食らえだ。この世界には文化の多様性なんて必要ないし、ましてや外から来たやつらに肩入れする法律なんてもってのほかだ。くにの政府は、ほかの国のやつらの腹を満たしてやる前に、まずは自国民に手を差し伸べるべきだろう。いくらそいつらの国が貧しいからって、そいつらのほうが恩恵を受けるなんて筋が通らない。同郷の者同士で都合をつけ合って最低賃金よりずっと安い労働力を提供するってのは違法じゃないのか。それは窃盗と変わらない行為だろう。だが、そんなことにはだれもかまいやしない。だれかを雇いたいという人間がカフェに立ち寄ったり自国の人間に電話をしたりして探すことはなくなってしまった。

みんな東ヨーロッパから来たやつらに電話する。やつらの賃金といったら、お話にならないくらい安いのだ。しかもそいつらは自分の土地では医者だとかエンジニアだとか大学教授だったりしたらしい。だからってなぜそいつらが優遇されるのかは、まったくもって理解不能だ。心臓外科医とか地理の教授だった頃の知識と経験が、ここで役に立つとは思えないのに。

俺は学のある人間を信用していない。あれもこれもできる優秀なやつらが揃っていながら、なんで自分らの国をそんな肥溜めにしちまったんだ？　だろ？　だれも説明できないだろう。

クソ博士さまたちはどこでも引っ張りだこだ。しかも、かみさんだのガキだの、果ては親戚一同を連れてきやがる。そいつらがどんどん入り込んできて、ますます俺らの仕事を横取りし、金を稼ぎ、金髪でバラ色の頬をしたそいつらのガキどもで学校はあふれかえる。しかも、そのガキどもはインテリだった親の血をきっちり受け継いで、たいした努力もなく良い成績を取るもんだから、俺らの子どもたちが肩身の狭い思いをしなくちゃならない。

ここ最近は、クリスマスが近づくとテレビのレポーターがやたらと騒ぎながらそいつらのディナーなんかを見せて回る。先祖代々、クリスマスには鱈とキャベツ［ポルトガルのクリスマスの伝統料理］を食べていた者たちはおかげでひもじい思いをしているってのに。腹立たしいのは、そういうレポーターたちは、昔っからここに住んでいる人間たちが苦境にあえいでいる話はこれっぽっちもしないことだ。レポーター自身の従兄やら伯父さんやらは、都会の大学を出て田舎の訛りも忘れ、地元の祭りにも顔を出さないいんだろう。ただ、何かの書類に書き込む出身地だけは変えられない。これぱっかりは勝手に変えられないからな。

自分の土地を出て隣の畑を荒らすやつらがいなければ、なんの問題もないだろうし、いちいちこれは俺のもんだと主張して互いに嫌な思いをすることもなかっただろう。

これだけ一気に言い終わると、カルラはじっと俺の顔を見つめて、真夜中にくだらない演説を聴くはめになるとはね、とだけ言った。よほど眠いんだろう。もう一度カルラによくよく考えてくれと頼んだ。俺が一番気にしているのは捕まることじゃない、お前とチビと離れることだけには耐えられないんだ、と。それだったらトースターに手を突っ込むほうがまだましだ。カルラは俺がトーストを焼くのが怖いもんで、どれだけ固いパンでもそのまま食べることをよく知っている。

空気が変わった。くにの経済状況だの移民問題の話だのでは毛筋ほども動かされなかったカルラだったが、とっくにわかっているはずの、単純で少々くさい俺の言葉を聞いて気が鎮まったらしい。俺はさらに言いつのった。お前たちと離れるなら熱湯がぐらぐら沸いている鍋に身を投げたほうがましだ、と。だが、これはちょっとまずかった。あまりに現実離れしているからだ。俺が入るだけのでかい鍋を調達しなきゃならないし、そこによじ登れるくらい低いガス台で湯を沸かさなけりゃならないもんな。しかも、鍋におさまれるほど俺は身体が柔らかくないってことはカルラも重々承知している。自殺をするには非現実的な方法だな。

　こっぱずかしいが、くさい話を続けることにした。あんたはちっとも口にしてくれないとカルラがいつも文句をたれる、歯の浮くような甘い言葉を駆使した。途中でどもったり咳きこんだりしながらも、できるだけ言葉を繋いで続けた。カルラがどれほど大事な存在かを伝え、スタイルも頭のよさも誉めた。意味すらわからない言葉を使ってみたが、カルラの笑顔と喜んでいる様子を見る限りでは使い方はどうやら間違ってはいなかったらしい。嘘八百を言ったつもりは毛頭ないが、それでも自分が詐欺師に思えてもきた。いや、今は深く考えないことにしよう。要するに、実践が足りてないんだ。いつもこんなくさいセリフを口に出すようにすれば、慣れてくるはずだ。口に出しているうちに、言ったとおりに感じるようになるのかもしれない。カルラは突然泣き出した。やっちまった、地雷を踏んだか、と思ったがその反対だった。うれし泣きだったんだ。今みたいな言葉を言ってもらうのを、ずっと前から待っていた、もう半分あきらめかけていた、と言って泣いていた。腕も脚もからませて俺に抱きついてきて、昔、父親の農園の石塀に隠れて待っていた俺にしたみたいなキスをしてくれた。俺は目を開けてだれもいないのを確かめてから、一緒になって泣いた。ちょっとロマンチックすぎて照れ臭かったが、うれし泣きというのはいいもんだ。

そんな俺たちの横でチビは変わらず鞄の中ですやすや眠っていた。居心地はよさそうだ。それでも、俺は上着を脱いでチビの周りにくるくると巻いてやった。優しい夫、注意深い父親、これが俺でなければ完璧な男だったのに。

とりあえず、雨がやむのを待つことにした。最初の雨で濡れた服は体温で乾いていた。雨が止んだらすぐ行くつもりだ。雨はそう簡単には降りやまないことはわかっていた。カルラは気づいていたかどうか、俺はまだ歩き出す気にはなっていなかった。湿った匂いがする。風向きが変わり、俺たちは奥に入った。向かい風となり、雨も降りこんでくる。チビを起こさないように、そっとスーツケースを持ち上げながら階段を上がり、エレベーターの乗り口までやってきた。スーツケースの車輪は階段をうまく上がるようにはできていない。一番上まで昇り、外の水たまりに雨粒が落ちるのを二人で眺めた。

目の前にエレベーターのボタンがあったので、なんの気なしに押してみた。すると扉が開いて、人間の脚が一本落ちてきた。一本だけだ。その脚が床に着くより早く、俺は階段を三段ぶん駆け下りて片手でカルラを引っ張り、もう一方の手で何が飛んできても応戦できるように構えた。だが、何も飛んでこなかった。薄目を開けてよく見てみる。脚の向こうには寝袋が見え、その中には人の身体がある。俺は回れ右をした。もう一体の死体が背後にあるとくれば、プロの殺し屋と間違われても文句は言えない。俺は死を引きつけるんだろうか。俺じゃなく、本当にこのスーツケースが呪われているのかも。

すると死体が微笑んだ。同時に、その死体はただの熟睡している人間となった。微笑む寝顔の周りには空のビール缶がごろごろ転がっていて、脇には服とトイレットペーパーを詰め込んだビニール袋がある。この寒さの中、幸福な眠りをむさぼることができる人間もいるんだ。寝顔を見れば、しばらくは口をききそうにないとわかる。男は泥のように眠りこけていた。

俺だって、その缶に入っている精神安定剤をぐっとやりゃあもう一度しばしの幸福に酔いしれることもできるだろう。その後は常に投薬を切らさないようにしていれば一生幸せだ。酒を飲むときに忘れちゃならないのはバランスだ。節度を保てば、健康的で、勇気も失わず、頭もはっきりと、思慮深くいられる。次はとにかく転ばないこと、コップに酒を注ぎすぎないこと、これが肝心。酔いの最高潮にはなかなか到達しないもんだが、そこまで行っちまった人間を揺り起こすのはほとんど不可能だ。
　古着の山の中にカルラが別の寝袋を見つけて指さした。最初は何が言いたいかわからず、ただ、見て、と注意を促しているだけなのか、それとも何かやってほしいことがあるのか理解できなかった。

夏用だろ
寝袋は全部冬用よ
じゃあ客用だろ
あれ　持ってきてくれない？
寝袋を盗めっていうのか
盗むんじゃない　貸してもらうの　ほんの少しの時間だけよ
それにしたって
それにしたって何よ？　あの人　寝袋の中で汗かいてんじゃない　とりあえずは二つもいらないでしょ

いやがるんじゃないか
あたしだっていやよ　ここで凍えて過ごすなんて
でも　いくらなんでも
あんたが行かないならあたしが行く
待てよ　起きちゃうかも
あの様子じゃ上に飛び乗りでもしない限り起きないわよ
あの寝袋　あんまり清潔に見えないけど
いいの　あれで上等
シラミがいたらどうする？
シラミじゃ肺炎にはならないもの
熱が出るかもよ
熱ならもうある

もうどうしようもなかった。すみませんと小さな声で言いながら寝袋を引っ張り出した。思っていたよりもずっと清潔で、開くと毛布みたいになった。二人で寝袋に入り込み、片脚が突き出て扉が半開きのエレベーターの脇の壁に背をもたせた。俺は眠り込まないようにがんばった。道端で寝るようなことはしたくなかった。道で夜を明かすのはこれで二度目だ。あの頃はまだガキだったから、野宿なんてどうってことなかった。すっかりラリっていて、翌朝駅員に蹴り起こされ、守衛を呼ぶぞと脅されるまで目覚めなかった。覚えているのは、素晴らしくよく眠ったということだ。あんなに気持ちよく眠れた夜はなかったくらいだ。だれにも邪魔されず、寝ている間に暴力を振るわれもせず、火もつけられなかった。そのうち、もっと歳がいった麻酔患者が、さらなる麻酔薬を手に現れたことは覚えている。どんな薬だったかは覚えていないが、俺もお相伴に預かって、そのまま気づいたら泥のように眠ったんだ。

美しい夜だった。が、人生二度目の野宿をしそうな夜、そんなことは口が裂けても言えない。あれから歳も取ったし、それなりに成長もし気を配らなきゃならないことも増えた今、ちっとも気を休めることができなかった。あれよあれよという間にこんな状況に陥ったことに我ながらあっけにとられていた。それぞれがきちんと筋立てて繋がってはいる。地下鉄、サンドイッチ、七番、ヒッチハイク、警察、雨。ホームレスから寝袋を盗むってところまでも自然に繋がる。一見、大惨事に見えるかもしれないが、その実それほどとは思っていなかった。一つ不運が始まり出したら、あとは雪だるま式だったということだ（スーツケースのせいだ。それしかありえない。反論されるのも面倒だからカルラには何も言わないが）。ここまであっけなくたどり着いたんだから、反対にさかのぼれば幸福へも難なくたどり着けるに違いない。でないと不公平だろう。

夜明け前、目を閉じながら足元で何かがもぞもぞと動くのを感じ、足を動かして軽く追い払った。犬がどこからともなく現れて、寒さのあまり俺たちのことは気にせずここで寝ることにしたらしい。夢かと思ったので、俺はそのまま眠りこんだ。車輪付きの大きなスーツケースを携えた俺たちは、現代的なノマド家族と見えるかもしれない。空港までだれか乗せてくれる人が通りかかるのを待っているようでいて、人生が過ぎていくのをじっと待っているだけなんだ。

目が覚めた瞬間、本当に犬が俺の脚を枕がわりにしていると気づいて思わずそいつに蹴りを入れた。腹を立ててというより、驚きのあまり思わず蹴っちまったんだ。哀れな犬はきゅんきゅん言いながら逃げていった。悪いことをしちまったと心の底から悔やんだが、今さら追いかけて謝ることもできやしない。寝起きの悪い自分を恨んだ。俺の血には悪意ある何かが流れていて、それが毎日を台無しにする。

カルラも驚いて飛び起き、ここはどこかと聞いてきた。家に帰る途中だよ、と低い声で答えてやると、こちらをじっと見て、泣き出した。それは憤りと恥の涙だった。俺自身はさっき泣いていたので、カルラの寝起きの悪さに引っ張り込まれずにすんだ。時間を見て、ついでにメールもチェックする。まだ早い。よかった。周りが薄明るくなり、通りが清潔に見える。正直者だけが仕事に出かける時間。ここで目覚めたということをぬきにすれば、最高の朝だった。犬を蹴っちまった見返りに何か悪いことがあるかもしれないということは考えないようにした。

寝袋をたたみながら、チビを見ていてくれとカルラに頼む。寝袋に風を当てたほうがいいんじゃないかとも思ったが、元通りに戻すと約束したんだから、と折り目にそってきちんと畳み、小さく礼を言って返した。ほかのだれかをこれ以上起こしたくなかった。たぶん、俺と一緒で、この男はこの後なんの用事もないんだろうし。眠れる間は、だれにも邪魔されずに、眠っていればいい。目覚めれば、暇を持て余して鏡を見ることもあるかもしれない。そのときに、これまで飲んできた大量の「鎮静剤」の効果がありありと顔に現れていることに気づくだろう。もう一杯、すぐにでも引っかけなきゃやり過ごせない気分になることだろう。

階段を降りながらカルラに寝袋を持ってきたほうがよかったかなと聞いてみた。カルラは、なんのために、と聞いたが、理由を説明する勇気はなかった。また必要になることがあるかも、とはとても言えない。必要になんて、ならない。なるはずがない。中国人に売りつけることができたかも、と答えると、カルラは馬鹿じゃないの、と答えた。むっときたものの、その通りだとも思った。ホームレスから盗んだ寝袋を売るなんて話があるか。だが、頭の片隅では、ここみたいに寒い大都市では悪くない商売じゃないかとも思った。

歩いている途中でチビが目をさまし、鞄から出たがった。牛乳とシリアルをちょうだい、と言い出したが、その前におしっこがしたい、とも言った。うんうん、と俺は答えた。まずはトイレに行こうね、それでおうちに帰ったらすぐにごはんをあげるからね。チビはいやいやをする。いま、いまちょうだい。チビを抱き上げ、カルラに渡した。

方角もわからないまま、右方向に行こうと声をかけた。建物の窓にはちらほらと人の影が動きはじめている。みんな、マットレスもシーツも毛布もある気持ちのよいベッドでぐっすり眠ったことだろう。朝食の準備でもしようとしているのか。田舎風のパンにチーズとバターのサンドイッチかな。いやそれとも、最初に風呂に入って身体を洗ってから、ほかの家族と一緒に食卓につくのかな。俺だったら最初はシャワーだな。清潔にしてから朝ごはんだ。急にくにの田舎パンが無性に食べたくなり、盗んででも食べたい気分になった。子どもたちが大勢いる食卓からだって盗んでやる。パン盗人は罪じゃないって言うじゃないか。ましてや、今の状態の俺たちがロールパンを盗んだところで、盗みになんてなるものか。

カルラが時間を聞いてきた。知ってはいたがメールもチェックしたかったので携帯を取り出した。何も来てない。壊れてるに違いない。買い換えた方がいいかもしれない。出費は痛いし、ときどきこの番号にかけてきていた二、三人の同郷の仲間からの連絡も途絶えてしまうことになる。そういえば最近バルにもあまり行っていないな。今くらいがちょうどいい時間だろう。家に戻る前にちょっと寄ったほうがいいかもしれない、あいつらが朝のコーヒーを飲みに来ている頃合いだろう。

道の突き当りには警察署があった。俺たちは回れ右をしてバス停を探した。カルラは人気のない通りはいやだと言って、早足になっていた。俺はその反対で、だれもいないほうが居心地がいい。人がいないと、毎日毎日だれにも見向きもされない自分のことを気にしないでいられる。あるとき、一人で家に向かって歩きながら、自分が本当に存在するか、俺という人間は俺自身の想像の産物じゃないかを確かめたくてわざと電柱にぶつかってみたことがある。俺はいた。電柱がそう教えてくれた。ならば、なぜだれも俺のことを見ないのか。結局、答えは出ないままだった。

時刻を聞いたカルラは、だめだ、今日はもう遅刻だ、とつぶやいた。うちの近くを通る職場に向かうバンは三十分後に停留所を通る。カルラがいなければ、そのまま行ってしまう。マネージャーはつねに予備人員の電話番号リストを持ち歩いていて、遅刻者が出たら一時間もしないうちにその穴埋めができるようにしている。遅刻者は、斡旋元に電話をする必要もないし、言い訳をする必要もない。掃除婦の斡旋事務所は、入口を入ると右手に雑貨屋、左手に魚屋、という場所の奥にある。即刻クビを言い渡されないのは、本人が死んだときか事故に遭ったときだけだ。死んだらふたたび職場に現れることはそうそうできないし、事故の場合は腕や脚の一本や二本折れていないと信じてはもらえないのだが、どっちにせよ、その状態じゃ清掃はしたくてもできない。いったんレールから外れたら再び戻ることはほとんど不可能だ。斡旋事務所や雑貨屋のオーナーは、一度事故に遭った者はもう一回遭うかもしれない、そういう悪運を呼び寄せるような人間は名簿から抹消するに限るという考えの持ち主だった。そういう者のせいでバンが事故にあっても困るし、ましてや職場で何かあったらとんでもないことになる。事務所のオーナーもくにから来ているのだが、職場の事故などありえないという信念の持ち主だった。こちらはみなさんにきちんとした労働条件で働いていただいているのであって、そこで事故を起こすなんて意図があってのこととしか考えられない、とこういうわけである。それは背信行為であり、そういう不届き者を置いておくつもりはない、と。

　カルラがバンに乗り遅れるということは、仕事を失うということになる。仕事を失うということは、あの部屋を失うということだ。部屋を失えば、暖かい場所も食べるものも飲み水もなくなる。つまり、俺たちはおしまいだ。

7 幻ってやつは

家への帰路を失うということは、新しい靴下を、でかすぎたりゴムが切れていたりするパンツを、かかとがすり減ったブーツを、俺たち三人の写真とすぐそばにいてほしいと思っていた人たちの写真を、手紙を、好きな歌を、肉の煮込みの残りを、まだ硬い桃を、鎮痛剤を、修理が必要なランプを、ソーサーに立てたロウソクを、カルラがまだ読んでいない二冊の本を、予備の傘を、三本のロザリオを、壊れたミニカーを、クマのぬいぐるみを、生理用ナプキンとピルを、サンダルを、懐中電灯を、タオルを、三組のナイフとスプーンとフォークと三枚の皿を、二個のグラスと一個の幼児用カップを、二つの鍋と電子レンジを、歯ブラシを、身分証明書を、櫛を、高価だった爪切りを、ファティマの聖女のフィギュアを、くにから持ってきたライターを、ベッドの脚の中に隠してあるカネを、くにのサッカー代表ユニフォームを、透明の緑の花瓶を、床を拭くモップとバケツを、物干し台を、くにの古い新聞を、季節をわざわざ教えてくれる四季の移ろいが描いてあるカレンダーを、ビデオ屋やスーパーや靴屋やガソリンスタンドの古いポイントカードを、携帯やスーパーのレシートを、最初の給料を手にしたら妻と息子を連れて行こうと決めているインド料理屋のチラシを、くにの友人や親戚の住所リストを、黄色い延長コードを、ゴミ用にためてあるレジ袋の山を、島の言葉で格言らしきものが書いてあるカーペットを、過去を、未来を、すべてを失うということだ。現在を失うことはない。現在は俺らの肉体にべったりへばりついているからだ。

　こりゃいい。一日のスタートにはもってこいだ。発作的に俺は俺を殺したくなった。が、あきらめた。この呪いに抗おうとしたって意味がない。どこぞのだれかが大喜びするだけじゃないか。このすごい呪いには、だれか、とんでもなく偉いクソッタレに責任があるはずだ。そいつがだれかはわからない。それが俺にはまじでむかつくことだ。そいつはどこかに隠れていて、にやにや笑いながら日が昇って沈むまで、この世のいやらしいことをかき集めて俺にぶつけているに違いない。こっちには心当たりもないのに。呪いか？　俺の真横で自分で自分にナイフをぶっ刺したあのマヌケ野郎の家族の呪いか？　だが、やつは家族にすら嫌われていたがな。

　くよくよ考えても無駄だ。神が死んだからには、天国に行く途中でだれかにつべこべ聞かれることも、これまでの帳尻合わせをする必要もなく、まっすぐ空に昇れるに違いない。神がいないなら、地獄もないということだ。悪魔は相手がいてこそ悪魔なんだから。神がいるんならいるで、それもいい。神にはだいぶ貸しがある。その時がきたら俺を掌に乗せて、しっかりとしかるべきところまで連れて行ってもらう。神との関係を絶った人間は、自分の友人だの敵だのとの関係も絶つことができるはずだ。そういうやつだという噂はあっという間に広まるだろう。

天国に着いたら、とりあえず寝ることにしよう。風呂も入らず、そのまんま。天国では到着する一人一人のために特別仕様のベッドを用意してあるはずだ。ぐっすり寝ないことには俺は何もできないんだ。天国なら相当熟睡できるだろうな。この世でも仕事に明け暮れて忙しくしていたことなんて一度もないんだ。死んだからっていきなり生活リズムを変えることもないだろう。

カルラとチビにとってもその方がいいのかもしれない。天国にいれば、万能のなんとかと近い場所にいるわけだ。俺は二人から常に目を離さず、何かあればいつでも手を貸してやれるだろう。私的な天使ってやつだ。神みたいなもんだ。それでこそ、一家の主だ。親戚にだって何か救いの手を差し伸べられるかも。全員ってわけにはいかない。俺らによくしてくれた親戚だけだ。裏でこそこそ悪口を言ったりせず、クリスマスにはチビにプレゼントを贈ってくれたりした親戚限定だ。

超人の力をもってすれば、カルラにちょっかいを出そうとする男どもを遠ざけることだってできる。カルラがふらっとそういう男どもになびかないように、俺は天使の姿を借りて定期的に夜、妻の元を訪れる。天使の愛撫と万能の力でもって、一晩中何度でもいかせてやろう。そんなことくらい、簡単だろう。念には念を入れて、万が一ってこともないようにに夜の訪問はしょっちゅうすることにすれば、生きている男なんて目じゃないってことになるだろう。

あいつが俺の代わりの男を見つけるなんてありえないと思う。あいつの上にのしかかるなんてもってのほかだ。それでも、警戒は怠っちゃいけない。世の中には口がうまいやつはいくらでもいる。そんなやつには、カルラをだますなんて朝飯前だろう。半分聖女で半分人間みたいな俺の女房が俺以外の男を相手に腰を振るなんてこと、夢のなかとかクスリでラリってるときとか、とにかく自分が自分でないときでしかありえない。

一緒になって数年経つが、カルラの愛を疑ったことは一度だってない。あいつにとって俺は特別で、代わりはいないはずだ。あいつの頭の中の俺は、実際の俺よりよっぽどすごいやつになってるみたいだ。あいつが思っているような人間になれたらどんなにいいか、と何度も何度も思った。完璧な人間には俺はなれない。だったら、なるべく静かにしていてあいつの頭の中の俺のイメージを保たせてやろうと思うじゃないか。

心の奥では俺にだってわかってる。あいつだって、きっとなんとなくは気づいている。俺がいない方が、あいつ一人でいる方が、絶対に幸せになれるって。けれども、あいつは嫌でも俺とほかの男とを比較する。俺だけが与えてやれるものを、その男にも探すだろう。それは結構きついことだと思う。俺の匂いをいくら消そうとしたところで、結局のところあいつを狂わせる匂いはただ一つ、この俺だ。

基本的には、天国では、万能のなんとやらと一緒にいるやつらは他人の女にちょっかいを出したりはしないはずだ。どんな助平でも天国では品行方正になるだろう。でなかったら天国なんかに来ないで地獄行きになってたはずだ。二千年もの歴史を誇る天国が、一人二人の助平のせいでその名声を地に落とすわけにはいかねえはずだ。天国は、俺みたいに、真面目一徹な男のためにこそあるはずだ。俺なんか、郵便屋をやってた頃は、知り合いの女房の目だってまともに見たことがない。いつだって軽く目をそらしていた。それが礼儀ってもんだろう。

俺が姿を消せば、初めのうちはカルラもチビも苦労するだろうと思う。見捨てられたと感じるかもしれない。そっと別れを告げて永遠に消えた俺のことを恨むこともあるかもしれない。それはしごく当然のことで、あいつらがそう感じたとしても理解できる。時が経ち生活も落ち着けば、これでよかったんだとやつらにも少しずつわかってくるはずだ。家族を守るために男はこの世にいなけりゃいけないなんてどこにも書いてやしない。きちんと守ることさえできれば、下界にいようが天上にいようがかまわないだろう？　下界にいればそばにいてやることはできるが、空の上にいたらもっといろんなことをしてやれる。

目につくところどこにも停留所はないし、昨夜までの普通の生活にどうやったら戻れるんですか、なんて尋ねる相手もいないし、カルラはだんだんとおかしくなってきた。何分たったのか確かめるために俺の携帯をよこせといい、時間を見てはイライラしている。携帯を渡す前に一応チェックしたが、メールは一つも入っていなかった。

俺たちの足はだんだんと速くなった。チビがいなかったら、カルラはきっと走り出していただろう。どこに行きゃいいのかわからないのにそんなに急いでどうすんだ、なんてことは口が裂けても言えなかった。あいつがどんな気持ちでいるかよくわかるからだ。じっと突っ立って時間が過ぎるのを待つのと、とにかく解決策を探すだけ探してみるのと、どっちがいいかなんて比べるまでもない。ただ、俺には俺の計画があったので、カルラみたいに慌ててはいなかった。カルラは俺の落ち着きをなんとなく感じたのか、急げと言ってきた。とりあえずここは言いなりになっておこう。そこで俺も足を速めた。ギュウニュウ、ギュウニュウ、と叫び続けるチビを鞄に押し込んだ。するとチビも面白がって機嫌がよくなったもんだから、俺もラクになった。理想の乳母車には遠く及ばないが、この鞄はかなり面白い。チビもそう思ったらしく、しばらくは腹が空いていることも忘れたように機嫌がよかった。カルラは俺らのずっと先を歩いてちらちらと振り返るだけだ。急いでいるように見せかけるために、俺は息を切らしているふりをした。あいつの怒りはこのまま何キロと続くだろうし、俺は昨夜の疲れをまだ引きずっていた。一刻も早く天に召されて存分に眠りたかった。

カルラは軍隊よろしく前進あるのみ、って感じだったのに急にぴたりと足を止めて、元に戻ろう、こんな時間に頼りにできるのは警察しかないと言い出した。

頼りに？　馬鹿言うなよ

だってだれもいないじゃないの　適当な家の玄関を叩いて道を訊ねろっての？　こんな時間に起きてるのはあの人たちくらいでしょ　バス停の場所を教えてもらおう

警察に行ったたって言葉が通じないだろ

絵を描くのよ　とにかく　警察だって迷子の面倒は年がら年じゅう見てるでしょ

で　俺は？

あんたね　警察の受付が　外国の指名手配犯全員の顔を覚えてるとでも思ってんの？

だってあいつらだって昨日の夜に夫婦と子どもを捜していただろ
俺らを見たら　あ　こいつらはって思うにきまってんじゃねえか
で？
で　って俺らには根ほり葉ほり聞いてきて　そんでパソコンとかをいじっているうちに俺の顔をお尋ね者リストに発見するんだよ
んなことあるわけない
あるに決まってる
じゃあ　あんたに何か考えがあるの

考えか。あることはある。説明するのは容易じゃないが、この島の牢屋にぶち込まれて何が何やらわからぬままとばっちりを受けるよりはずっといい。カルラだけに訳知り顔をさせとくわけにはいかないし、くだらない計画を忘れてもらわなくちゃならない。俺は寝てるわけじゃない、俺にだって問題解決できるんだ。阿呆女、あいつはほんとに時どきとんでもないことを言い出す。これから俺は死ぬ、それで天の上からお前たちの問題を全部解決してやる、どころかまたとない人生を送らせてやる、なんてことは話すつもりはない。いろいろ言いたいことはあったがぐっと呑みこみ、カルラの後から歩いていた。ゆっくり歩きながら、もしかしたらあいつの気が変わらないかと期待した。カルラは強情にもますます足を速めている。まだ間に合うとでも思っているのか。まずは警察に職場がどこかを説明して、まっすぐそこに向かえばいいと考えているらしい。その後、俺が道案内を聞いてチビを連れて家に帰る。しばらくしたらカルラも帰宅してみんなで夕食だ。それほど疲れてなければ、コインランドリーに行ってくれないかとカルラは頼んできた。買い物から帰ってからするはずだった洗濯物がまだそのままだからだ。その様子は毎朝出かける前にその日の家事の指示を出す、いつものカルラだった。路上で寝たなんておくびにもださないで。

洗濯物の話はつべこべ言わずに、わかったとだけ答えておいた。もう時間もあんまりないんだから急いで行け、走ればいいとも言った。俺とチビはゆっくりついて行って入口近くで待っているから。カルラは一瞬足を止めて、俺が何を言おうとしているのか頭を巡らしたみたいだったが、すぐに考えるのをやめて走り出した。いい走りっぷりだ。大股で尻を突き出し、おっぱいを揺らして。

俺と、鞄に入ったままのチビは外で待っていた。俺は鞄をあらためて見ながら、外側がうまい具合に仕切られているのに感心していた。チビを公園に連れて行くときにちょうどいい。チビのおもちゃとおやつ、俺の新聞、それぞれ別に入れられる。こりゃいいや。チビはおうちに帰ってミニカーを持ってきてよと俺に言う。うんうん、ママが戻ってきたらすぐに帰ろうな、と答えておいた。

警察署の裏にたどり着いたとたん、おっと、と足が止まった。ここには何万台っていう監視カメラがあるはずだ。中より外にいるほうがずっと人に見られてるってことだ。俺とチビはそのまま歩いて、カメラの死角に身を潜めた。ここのやつらは詮索好きだ。いつだって、いつだって、他人を窺っていやがる。だれかが悪事を働くのを期待してるようにすら見える。疑い深くていいことなんかあるわけねえ。みんなガキと同じようなもんだ。これは危ないぞとガキに言ってから、そのままそこで待っていてみるがいい。ガキってのは注目されるのが大好きなもんだから、だれかが見ているなと思ったら、さらに悪いことをおっぱじめる。頭をカチ割る前に親がさっと抱きとめてくれるとわかっているからだが、そうやって大人に対してちょっとばかり挑戦もしているんだな。そんなこんなをしているうちに、怖いものなしの若造になって、親の鼻先でばたんとドアを閉めて部屋に閉じこもるようになる。そうしていたって、着るものも寝る場所も、清掃サービスもルームサービスも無料で提供されるうえに、本だのおやつだの定期券だの修学旅行だのに必要だと言えばカネももらえる。ところが、そいつは怪しげなクスリに姿を変えるんだな。しかも、世間知らずなガキは相場よりも高値でつかまされるんだ。

カルラの姿が見えなくなったとたん、地下鉄を試してみりゃよかったと思いついた。この時間ならもう地面の下でせっせと動いているだろうし、あれに乗れば間違えようがない。と言いつつも、あれだけぐるぐる歩き回ったものだから、地下鉄の駅がどこにあるのか見当もつかなかった。だからあのまま静かにじっとしてりゃよかったんだ。駅の入口でただ静かに待ってれば迷うこともなかったはずだ。迷ったら動くなってのは鉄則だろう。そんなことは百も承知だったくせに、俺は正反対のことをしちまった。おかしいなと思ったら動いちゃいけないんだ。ただ静かに待っていれば、時間は勝手に過ぎていくし、人間一人じゃ手も足も出ない問題も解決してくれるんだ。答えはいつもすぐそこにある。慌てて答えを見つけようとすると、そいつはどんどん遠のいていくんだ。追いつめられると、どうしたって相手が武器を隠してるんじゃないかと疑って刃向おうとするだろう。答えだって一緒だ。急いで捕まえようとしちゃだめなんだ。

カルラの言葉だけじゃない、俺だって俺の言うことなんかに耳を傾けるべきじゃなかったんだ。きちんと解決法を探ろうとするのなら、俺たち二人とも自分たちの言うことなんて聞かず、ただ待っていればよかったんだ。それでもじっとしていられないと思うんだったら、少なくとも、俺たち二人ともが「これだ」と思わないようなことをすべきだった。自分の意思に反してこそ幸せの道は開けるんだ。そんなこと、カルラは認めようとしないだろう。だからこそ、これでよかったんだろう。カルラの強情が、俺たちを悪から解き放つんだろう。それと同時に俺たちはこれまでよりも強くて地に足の着いた人間になり、望まないこともにっこり微笑んで受け入れられるようになるんだ。そんなふうにしているうちに、俺たちはだいぶ聖人に近くなってくるはずだ。この世でもあの世でもいろいろ優遇される。聖人たちにだって仲間意識はあるだろうから、必要とあらば同輩を救うためだけなら奇跡も起こすだろう。頭の上にいた神がいなくなりゃ、聖人どもも好きなことをやるさ。天国は以前にもまして平和になり、これぞ真の楽園、というオリジナルに近い形になっていくんじゃないだろうか。

要するに、新たな結論を言えば、カルラはどこにも行くべきじゃなかった。俺はこのまま生きていくべきだし、物事をうまく運ばせるためには、警察に助けを求めに行くべきなのはこの俺だった。たとえ、俺が足を踏み入れた途端に警報が鳴り響くかもしれないとしても。この二重の矛盾の理論が当たっているかどうか試してみるいいチャンスだったのに。ためらうな。とんでもなく阿呆らしい思いつきを信じてみるところにこそ道は開けるという俺の信念の正しさを証明できたんだから。

ただ、もしもこの理論が間違っていたら困ったことになる。恐怖は多くの不安を生み出す。世の中の悪事の多くは恐怖のせいだ。俺は間違えることが怖い。だから正しいことをしたいと思うのに、いつも裏目に出る。ってことは、俺が間違えてたということだ。ほんとの阿呆にならずにすむために、俺はあえて阿呆にならなきゃならない。でも、阿呆になりたくないという願いそのものにも疑問を投げかけとくべきだな。その願いだって見せかけで、裏にはいろいろあるに違いない。

まだカルラは戻らない。携帯を渡しちまったので、時間を確かめることができない。もう送迎バンの時間は過ぎたんじゃないか。それに俺にメールが来ていないとも限らない。こんなに遅いなんておかしい。そんなに面倒なことを聞きにいってやしないんだから。警察だって、知ってるか知らないかの二択しかないんだ。島での話し合いは、確かに時間がかかることが多いが、それだって数分くらいなもんで、こんなに死ぬほどかかるってことはない。まあ、島民はくにの人間よりのんきだから、コーヒーでも出されて、あいつも断りきれずにカップを前にまごまごしているのかもしれない。まさかあいつら、俺の女房を人質にしているんじゃゃねえだろうな。昨晩の報告でカルラの正体がわかったもんだから、今度は俺が姿を現すのを虎視眈々と待ち構えているのか。指一本動かさずに、やつらは被疑者二人と半分を捕まえられるって寸法だ。やっぱりな。クソ野郎ども、俺らがのこのこ現れるのを待っていたんだな。そんなこととも露知らず、俺らはさっさと警察に出向いてきちまった。最初の獲物はカルラか。いや待て。もしかしたらこれはカルラの計画か？

俺が出頭することはありえないとふんで、まずは自分一人で出頭し、後は心配した俺が様子を見に来るのを待っているとか。あのアマ、やつらと組んでいやがったな。そこでくたばるまで待っていやがれ。待て。馬鹿な。そんなはずがない。俺を捕まえてほしかったら自分がわざわざ出頭しなくてもいいはずだ。電話を一本かけるか、手紙を一枚、匿名で送ればすむことだ。俺から自由になるためにわざわざ職を失う危険を冒す必要なんてないだろう。それに、ほかに男がいるような様子はちっともなかったじゃないか。ずっと黙っていたってのか。だが、昨日からの出来事が計画されていたとはとても思えない。あいつはそこまで利口じゃない。それに、俺のことがそんなに嫌いなら、何もかもを投げ捨てて一緒に逃げてきたりはしなかっただろう。あいつはあっちではきちんと月給が入る仕事をしていたし、将来の見通しだってそう悪くはなかったんだから。

こうしてうだうだ考えているのは、つまり、あいつを助けに行かずにすむ言い訳を考えているにすぎないんだと自分で気づいた。あいつは俺のために自分の自由を賭けたっていうのに、俺はどうだ。あいつの悪口を並べ立てているだけじゃないか。あんないい女はどこを探したって見つかりっこない。あいつは毎日他人の床を掃いて磨き上げ、料理をし、一日中働いた後でも俺が誘えばすぐその気になるし、あまりがみがみ言わず、命令口調になるのはホルモンの分泌が活発になる前の週だけだ。一日がつつがなく終わるのは、あいつが何もかもいいように整えてくれてるからだ。あいつは聖女だ。今の俺があるのはあいつのおかげなんだ。あいつと別れるなんて、そんなことをするやつは頭がおかしいんだ。

うまくいけば、カルラはまだ入り口あたりにいるかもしれない。この時間ならそのへんにいるおまわりの数もそう多くないはずだ。いても婦警かもしれない。島ではやたら男女平等ってうるさいもんな。俺がどこからともなく走って入りこみ、警官がカルラの方に気を取られているうちに鞄を使って一撃をくらわせる。チビはどこかに座らせとかなきゃな。階段がいいか。それで、逃げるときに抱きかかえて連れていく。早業をかませば、騒ぎにならずにカルラを奪い返せるかもしれない。すっと音もなく入り込んで、さっと手を取り、引っ張って走る。

とはいえ、もう少し待ってみるか。今にもカルラがおまわりの付添なしで出てこないとも限らない。もう少し、もう少し、と思っている間にほかの奪還計画も練り、つまり、俺はやっぱり行きたくないんだな、と思い直して腰を上げた。チビには、ママが悪いやつらに捕まったから、男である俺とお前がどんな危険を冒してでもママを救わなきゃならないと説明した。俺たちは二人とも軍の勇敢な兵士なんだ、パパは意気地のない意地悪なベテラン軍曹、お前は勇気凛々だが、まだ経験の足りない新米兵士で、戦場に赴任したばかり。全員が無事に帰還することはできないかもしれないが、何しろ大事なのは黙ってじっとしていることだ。危険を感じたら、とっとと逃げること。逃げることは臆病でもなんでもない、これも戦略の一つなんだから。あの角で会うことにしよう。だが、ぼけっとするんじゃないぞ。パパが中に入って様子を見ている間、お前は階段で後方支援をしろ。俺の後をだれかつけていたりしないか見張るんだ。もしだれかがパパの後をつけていたりしたら、そしてそれがおまわりだったら、パパを呼べ。パパがお前のところに戻るまで、できるだけ大声で叫び続けろ。もし、だれかがお前を捕まえに来たら、いっそう大声を出して、そいつを噛んだり蹴ったりしていいぞ。

計画は決まった。俺たちは二人で足並みを揃えて階段を降りはじめた。いかにもいやいやながら駐禁の罰金でも払いに行くかのように、さらには、うまいことサツをたぶらかして、たった二分、せいぜい三分駐車していただけなのに罰金という不公平からなんとか逃れられないかと願っているかのように、動き出した。

後方にはだれもいない。容疑者でもなく指名手配犯でもない男が、子どもを抱いて転ばないよう用心しながら階段を降りるように注意深く、一段、一段、進んでいる風を装う。途中で足を止めた。チビのズボンの前が開いている。これではいくらなんでも格好悪い。チビの髪の毛を手で撫でつけてやる。ぐっと力を入れて撫でつけると首が傾き、チビは嫌がった。こうすると賢そうに見えるな。ママが喜ぶぞ。階段の下に硬貨が落ちている、と拾ったら潰れた栓だった。ちぇっ、と思ったところにカルラが一人でゆっくりと現れた。俺たちは踵を返して逃げた。カルラがそこにいるんだから、何かの真似をするまでもない、とにかく逃げよう。なんだか知らないが、カルラは怒鳴りはじめた。馬鹿か。警察の目の前の階段で、俺がすぐそばにいるのに怒鳴るか？　俺に向かってバケツいっぱいの真っ赤なペンキをぶちまけているようなもんじゃねえか。

なんで逃げんのよ？　俺たち二人が身を隠していた角まで追いつくとカルラはかんかんになって聞いてきた。

自分がすごいお尋ね者だって思いたいのね

お前よりは俺の方が追われてるのは確かだろ

どうだか

当たり前だろ

あんたが自分の電話番号を額に張り付けて歩き回ったところで　だれからも電話なんか来やしないよ

うるせえよ

馬鹿

で？
で　なんにも
わからないってか？
わからないも何も　話してくれなかったもん
話してくれなかった？
なんにも　完全に無視された　あたしがそこにいるのに気づかないふりしてた
こんなに長い時間　お前は何をしていたんだ？
待ってた
何を？
気づいてもらえるのを
カウンターに行って　声をかけてみなかったのか？
行ったよ　だけど　座って待ってろって

カルラのことまで無視しやがったのか。こいつは背は低いが、透明人間じゃあない。移民、それでなきゃただの掃除婦だろと思われたんだ。こんな時間に女が来たら家まで送るのが普通だろ。クソ野郎ども、毎朝掃除機をかけてやっている若い女がそこにいても返礼がそれかよ。無視されたらこっちも手も足も出ない。

まだある。もう、この時間ではバンはとっくにうちの近くの停留所を通り過ぎちまっただろう。カルラの仕事も終わりを告げたことになる。明日には、中身を空にするゴミ箱も、どこにも触れずにはたきを揺らして、表面だけを掃除する事務机も、カルラは失っているだろう。はたきで撫ぜる棚もなし、膝をついて磨く染みも、ワックスをかける床も、買い物を詰め込む冷蔵庫も、手の脂の跡を拭って透明にしなくちゃならないガラスも、補充するトイレットペーパーも、カフェでの休憩も、厨房に戻すはずなのに適当な場所に置かれた食堂のお盆も、中身を捨てなきゃならない隠れた場所にある灰皿も、くすねられるのを待っているペンも、年増のくせにお肌つやつやのお局さまも、時給がカルラの月給よりも多いに違いない小憎らしい若い秘書も、カルラの尻をうっとり眺めている老若の男も、みんなカルラは失うのだ。

カルラもこれからは俺と一緒に部屋にいて、少しの間だけでも一人になれるスペースを探しながら過ごすのだ。そんなのはないのに。一日中やることもなくなって、俺のことを盆ではたいたりするんだろう。あいつがいるなら俺は今までみたいに四六時中チビを見ている必要がなくなる。チビだってママが近くにいれば俺のところには来なくなるだろう。俺は使いみちのない自由を手にすることになる。カルラを乗せなかったバンは、あるはずだったカルラの一日とともに俺の日常をも連れ去って行ってしまった。カルラが仕事に出ないのなら、俺は料理することもないし、家を整頓することも、大嫌いだが上手にやれたらいいなと思うあれやこれやもせずに済む。これからは楽しいぞ、くだらないことをやるきっかけを探す毎日になる。たとえば一日中黙りこくって隅に座っているとか、いつでも好きな時にふらりと外に出るとか、ベッドの下に潜り込んでみるとか、だが、いずれにせよ、いろいろときまずいことになるだろう。俺らの愛は、二十三平方メートルの空間に二十四時間一緒に閉じこもっていられるか、という試験を受けることになる。喧嘩しないようにまじで気をつけなきゃならない。皿を投げて割ったら、代わりを買う金がない。怒鳴り合ったら、心の狭いけちな隣近所からどんな文句が来るか知れやしない。

一日の終わりに金を持って帰らなきゃならないという義務さえなければ、俺は朝になるや言い訳を作って家を出て過ごしていたい。仕事はしているが支払いが遅れてる、とかまだ数週間かかりそうだ、という言い訳をひねり出せばいいか。ただ働きをしている人間はごまんといる。俺もそのうちの一人のふりをすればいい。騙されやすい顔をしていることにかけてはだれにも引けを取らない。だが、一日中ぶらぶらと外で過ごすのはなかなか大変だ。金もいる。食べなきゃいいか。いや、それは無理だ。腹をすかせながらうろつきまわるくらいだったら、狭い部屋でお互いの首を絞め合ってるほうがまだましだ。喧嘩をすると俺は一気に食欲をなくす性質《たち》だが、少なくとも食べるか食べないかを選べるほうがいいし、食べなきゃ食べないで節約にはなる。チビには気づかれないように、低い声で罵り合えばいいんだ。チビが寝てるときならいいだろう。たいてい大ゲンカのあとでは我々は休戦期間を数日設け、その二、三日の間にまた力を蓄える。それから攻撃には攻撃を、で、しばらくするとどちらかが何か用事を見つけて顔を合わせないようにして、冷静にお互いに向き合えるようになるんだ。島に着いて最初の数週間はそんな感じだった。で、だれも別に死んだりしなかった。それどころか、昔はつかみ合いもしたんだが、最近ではそこんとこは省略して、低く凶暴な声で罵り合うようになってる。流血のない、もっときれいで洗練されたゲリラ戦を続けるうちに自分たちの馬鹿さ加減に爆笑して終わることもたまにある。チビは俺らが笑うとそりゃあうれしそうになるし。

今の俺は疲労困憊、そういうことはあんまり考えたくなかった。おまわりどもはきっと答えがわからなかったんだろう。俺らは俺らの道を進めばいいさ。問題はその都度解決していけば、いつかすべてが解決されるかも、という幻想に溺れることができる。

カルラは納得しなかった。地団太踏んで激怒したいような、大声で泣き出したいような、そんな気持ちだったんだろう。俺には黙っててほしかったろうし、道端にしゃがみこんでじっと床を眺めながら、そっとしておいてほしかったんだろう。その姿勢で腕だけ伸ばせばまるで物乞いだ。まあまあ、事態は思ってるほど悪くないかもしれないぜ、俺がそう慰めると、カルラはげらげら笑いだした。俺はむっとしたがなんとか抑えこんだ。だが、カルラの言うとおり、バンはとっくに通り過ぎているはずだった。俺がそれを信じたくなかっただけだ。でも、そうだったとしても、とりあえず家賃はあと三週間先まで前払いしてあるし、食料も当座のぶんはあるし、ある程度のカネはベッドの脚に隠してある。洋服は買う必要がない。それに何より、カルラはマネージャーに気に入られていたから、今回は見逃してもらえるかもしれない。遅刻は今回が初めてじゃないか。たった一回で首を切るだろうか。カルラはまだ笑っていた。最初は低くくすくすと、そしてだんだんと声を出して。あんまり大声で笑うもんだからついにはしゃっくりが出はじめたのに、それでも止まらない。俺を見ると、また笑いがこみあげてくるみたいだ。この笑いの発作はいい兆候じゃない。見ていて気持ちが悪い。頭がおかしくなっちまったんじゃなかろうか。何がおかしいのか教えてくれ、でなければ笑うのをやめてくれと頼んでみた。カルラはそのどちらもできないまま笑いつづけた。ようやく笑うのをやめると俺を見て、今度ははあはあと息を切らしている。次に起こることの予測がついた俺はぞっとして周りを見た。とりあえず手近なところには瓶もなければ石ころも棒もない。よかった。ナイフを隠してることはないはずだ。その場をとりつくろうために、もう一度何がおかしいのか教えろよと言ってみた。おかしいのは俺だと、わかっていたのに。ひょっとしてひょっとしたら、思い出し笑いだったかもしれないという一縷の望みに一瞬すがってみたんだ。無駄だった。あんたの間抜け面がおかしいんだとぬかしやがった。

それはあんまりじゃないか。俺たちは二人でここまで来たんだ。まだこの先一緒にやっていくつもりがあるなら、道のど真ん中に座り込んで相手を侮辱する以外にもやることがあるだろう。

とはいえ、警察でカルラが何も言えなかったのは虫の知らせがあったからかもしれない。警察の椅子でじっと待ちながら、幻でも見たのか。何かを激しく求めながら何もしていないと、幻が見えてくるからな。家まで連れて行ってくれるバスとか、一杯の水とか、靴下とか何でもいい。重要なのはそれが生々しく出てくるってことだ。幻ってやつはでかいことが大好きだ。目立ちたがりで、家にテレビもないような貧乏人がたむろしている前で派手に見せびらかしたがる。基本的に、ほんの数人を前にちょっとしたショーを見せ、噂が広まるのを待つってのがやつの手だ。数日待ってからまたショーを見せ、それに少し付け足したり、あれとこれとを交換したりして懐を肥やしたかと思うと、次の遠い村に旅立ってしまう。道中、これまただれかのあばたを治したり、宝くじに当てさせたりして、みんなの信用を勝ち得る。

そういう奇跡は、たいていは聖人が経験するもんだ。俺ら二人のうちのどちらかが、俺が思うよりはだいぶそういう聖性に近いところにいるかもしれないなんて思ったんだよな。カルラが俺より先に一段上の階級にいくのは当然のことだ。あいつは俺よりも懐が広いし、見た目もいいし、気が利くし、文句もたれない。これまでずっとそうやって生きてきたんだから、そろそろ見返りをもらってもいいころだ。俺はうれしくなった。あいつのためにも、俺のためにも。聖女の伴侶ともなれば特権のおこぼれがあるだろうし。あいつの息子の父親なんだから、俺にも何か特典があるはずだ。今後、もうだれも殺さないようにすれば、俺も高い段階に進むのは近いかもしれない。もうこれで終わりにしなくては。ボスが消えても聖人が阿呆になったわけではないのだから、人の過去なんて調べられるだろう。

しっかり集中したら幻の予告編くらいは見られるかもしれない。意味をなさないシーンの断片だ。どんな感じか、ちらっと思わせぶりに見えるだけ。ゆっくりと、だが熱をこめて俺はがんばってみた。何も起こらない。焦っていると幻は見えないのかもしれない。

俺はカルラの隣に腰を下ろした。チビはすっかりくつろいで俺たちの間を這い回っていたが、道に落ちている空のレジ袋を追いかけはじめた。昨日までの俺ならそんなことはすぐやめさせただろう。カルラだって息子がそんなところを這いずるのを許すはずがなかった。俺たちはまるで、半分俺らので、半分みんなの大きな庭にいるような感覚に陥っていた。時々通行人がこっちをじろじろと見て通り過ぎていく。やつらがどう思おうとかまわなかった。針に刺されるほども感じない。俺らは目に見えない大きな壁に囲まれていて、その後ろに好きなだけ隠れてじっと床を見ていられる、そんな気分だった。その目に見えない壁はいま急にできたわけじゃない。地下鉄を降りたときから、家を出たときから、いや、島に一歩足を踏み入れたときから俺らを囲ってるんだ。俺ら一人一人をしっかりと覆う壁、島民の視線から守ってくれる壁だ。

本当に俺たちだけになりたいときは、壁に入って格子戸を閉めればいい。とはいえ、だれでもいつでも入れる。格子戸には鍵がないんだから。それでも、だれも入ってこようとする人はいなかった。いつでもみんな、俺らの脇を通り過ぎていった。

やるべきことも行くべき場所もある島民がどんどん通り過ぎて行った。俺らは壁の中に逃げ込んだ。壁に背を預けて舗道にまっすぐ突っ立ったまま、俺らは待った。何かが起こるとすれば兆候があるはずで、この小さな世界はほかのどんな世界にも負けず劣らず、だいぶ居心地がよかった。壁の中に小銭を投げ込もうとする人間はだれもいなかった。その気はあったとしても、この一家にどんな不運があったのかを書いてある紙も貼ってなければ、硬貨を入れる椀もないし、俺らのだれも手を伸ばしたりしていないのだから。もしも今より十歳若くて子どももいなければ、羽目を外しすぎて道で夜明かしした観光客に見えただろう。二日酔いの様子はないが、子どもが一人と大きな鞄があるし、毛布やマットや箱もなければ、額や頬にあざをこしらえているわけでもない。俺たちはそこらの通行人となんら変わりなく見えた。ただ、俺らはどこからともなくやってきたのであり、どこにも行くところがないだけだ。

カルラをここに置いて自分だけで狩りに出ようかとも考えた。祖父のように。貧しい者たちのための朝食がどこかで配給されているだろう。カルラは渋い顔をした。俺がまた道に迷って戻ってこられなくなるんじゃないか心配なのだ。行くんなら家族全員で行こう、と言いながらも、カルラはくたびれ果てていて、もう一歩も動けない様子だった。口には出さなかったが、俺だってもうくたくただ。だが、だからといって動かないわけにはいかない。で、結局言ってしまった。ここでこのままじっとしていても何にもならないだろ、と。俺は絶対に聖人にはなれないだろう。気が短すぎるんだ。少なくとも、歩いていればみじめな気分がましになる。目的があって歩いている人間と、どこにも行くあてがないことをごまかしながらただ歩いている人間との違いは一目瞭然だとしても、だ。あてどなく歩いている人間の歩き方は、なんというか、はっきりしない。いつでもどうにでもなるというか。思いつきで、左に曲がってもいいし、後戻りしてもいいし、時間をつぶすために立ち止まってみたりもする。足取りも重い。立ち止まりたいという誘惑は重いのだ。歩きたくないと思っている人間の歩き方、また月が昇ってほしい、自分の玄関の外からいびきが聞こえてくるや、即効で警察に電話をするやつらをもう一度ベッドに戻してほしいとだけ願っている人間の歩き方だ。やつらは、玄関マットをけちっているわけじゃない。自分の軒先に不運な人間がいると知っていると眠れなくなるというだけだ。不運は伝染するかもしれないから。

いつの間にか俺たちは怒鳴り合っていた。車も通る公道だから、自然と声も大きくなる。チビはそれを妙だとは思っていないようだが、通行人はみんな眉間にしわを寄せてこっちを見てくるから、やっぱり妙だったんだろう。だが、やつらは俺たちを避けて通りの向こうを通っているから、俺たちは気にしないことにして怒鳴り合いを続けた。次から次に罵詈雑言が口から飛び出し、言いたくないことまで言っていた。そんなことを言ってはだめだと頭ではわかっていたのに、気づくともう言っていた。頭で思いつくとほぼ同時に口に出てしまう。頭に浮かんだことを、口が頭の許可も得ずに次々に横取りしてそのまま外にほうり出しているみたいだった。口は、頭だけでなく俺自身の力も奪い取り、自分ではどうすることもできなくなっていた。

俺たちの言い合いは阿呆みたいだった。どっちの方が無知で、どれだけ無意味になれるかを競っているみたいだった。

ついにカルラの糸が切れてしまった。ふいに何もかもがどうでもよくなったようで、このままおっぱいを通行人に見せて回っても気にならなくなるんじゃないかってくらいにぼんやりしていた。ここで、あの二重の矛盾の理論を実行すべきなんじゃないか。つまり、カルラも俺も避けていることをやるってやつだ。そう、俺が一人で警察に行く。くそ。ほかに矛盾する理論はないかと探したが、無駄だった。俺は自分で自分を二重にだましていたんだ。この思いつきがどれだけ馬鹿げていたとしても、信じて実行しなけりゃならない。運命が自分を信じろ、さあ立ち上がれ、と言ってくる。運命ってやつは、だれかがおそるおそる第一歩を踏み出すとちゃんとそれを嗅ぎつけて、失敗するように導くんだな。

俺は捕まるだろう。顔を殴られるのは本当に嫌だ。あれは痛い。俺は人一倍痛がりらしい。ばあちゃんに鞭で叩かれて以来、俺は痛い思いをすることにトラウマがある。これから殴られるとわかっていると、ますます痛い。脚の横、膝の上あたりがずきずきしている。昔、ぼこぼこにされて膝から崩れ落ちて顔をしたたかに打ったときの後遺症だ。恥ずかしいとかいう気持ちはなかった。侮辱されているとも感じなかった。泣きたくもならなかった。自分のことじゃないような気がしたんだ。いくらかやり返したところで、どうせその倍やられるんだ。傷や黒い痣をこしらえるのも、歯を折られるのも嫌だった。鼻はもう折られない、というかすでに折れているからだ、くそう。目にげんこつをくらうことを想像しただけで震えてきた。目は嫌だ。まぶたが腫れ、目やにが出る。

しかもそれは歓迎会だけで終わる話じゃない。耳も聞こえず口もきけないのと同然の俺は、監獄の中庭でうってつけのサンドバッグになるだろう。歓迎会の後には侮蔑と嘲笑が待っている。やつらがくたびれるまで殴られたら、今度はお釜を掘られ、最後にはいろんな病気をうつされる。

気がついたら入院していて、もうこのまま死なせてくれと懇願しているだろう。島民はそれも許してはくれまい。そのときには教えてやろう。そもそもあんたらが俺のことを数週間前にブタ箱にぶち込んだんだろ、って。俺みたいなやつがブタ箱に入ったが最後、出るときは虫の息になるだろうことは承知の上でさっさと書類に承諾のサインをしたくせに、俺が心静かに天に昇りたいと願い出ても却下する。要するに、やつらはとにかく強情だってことだな。いったん有罪となれば、刑罰はあくまでも執行されるべきであり、罪人を非人道的に扱うことを世の中の人間は腹の中で願っているってことか。

だが、それでカルラも子どもも家に帰れる。それで上等、完璧だ。非の打ちどころがない。ただ、俺は殴られたくないんだ。カルラとチビのためであっても、自分のためであっても。死ぬのは、ぼんやりとしたイメージしかないが、後遺症はないんだし、別にいい。ただ電車の前に身を投げれば、次の瞬間には人生にケリがついてもう空の上にいて、心配事もなくなってるってんなら、やってもいい。だが、電車に轢かれて、また起き上がってまた轢かれて、それからまた轢かれて、なんてのはごめんこうむる。俺の自己犠牲の精神は、せいぜい雨の日にスーパーに買い出しに行ってやるとか、小さい方の肉を選ぶとか、身体の半分しか毛布で覆われてなくても我慢するとか、せいぜいそんなもんだ。俺がホラー映画を実体験すれば家族は優雅な生活ができるってのは、割に合わない。俺がブタ箱に入ってしばらくしたらカルラはほかの男を見つけ、チビはその男と何回か球蹴りしただけで、もう「パパはどこ？」なんて聞かなくなるだろう。だれにも忘れられた殉教者なんて、ただの自己満足、冗談、道化そのものじゃねえか。俺は、役立たずだし、すぐヘマをするし、人見知りだし、冗談も下手だし、ケチだし、ナンパも金儲けもできず、有名でも勇敢でもなければ尊敬もされていない、貧相で冴えなくて、つまらなくて、腹筋も割れていない男だ。でも、だからといって臆病者のままで終わるわけにはいかないんだ。

8　自分で自分を刺す

警察に行く、と俺は言って腰を上げながらも、やりたくもないことをなんで口に出してるんだと自分に訊ねていた。これが初めてというわけじゃない。俺の脳みそが俺自身をボイコットしているんだ。俺の内に身を隠し、この状況を面白がってにやにやしている阿呆なだれかに俺の脳みそはのっとられているんだ。

何しに行くのよ?
助けを頼みに行く
で　わかってもらえると思うの?
わかってくれるまで出てこない
じゃあ　一生出てこないわ

俺のことはばれないかもしれないし
ちょっと前には　ばれたらどうしようって言ってたくせに
たぶん　平気だ
もし　ばれたら？
その時は　その時だ
どういうこと？
やつらときちんと話す　あれは俺だけが悪かったんじゃないと説明する
言葉も通じないのにどうやって説明する気？
だれかわかってくれる人がいるよ　説明もなく逮捕なんてできないはずだ　法律では
逮捕前にその理由を述べなくちゃならない
法律では　人を殺すのもだめなのよ
俺はだれも殺してない
そうね　でもあの男の子はあんたが刺したから死んだでしょ
あいつは自分で自分を刺したのかもしれない
そうかもね　でもそうなると　なんであの子はあんたに会うために　わざわざ電車を
二本とバスを乗り継いで来て　自分自身を刺したのかね　自分の家で一人で静かに刺

せばいいのに
何が言いたい？
あんたのクソみたいな思いつきがなければ　あたしたちはこんなところに　いなかったのにって話よ
鞄を買いたいってぐずぐずしたのはお前だろ
あんたが荷物を盗まれないように　抵抗したから
あのときさっさと帰っていりゃあ　とっくに家に着いていた
だから　あたしは家にいたいって言ったじゃないの
こうなるって　わかってたって言いたいのか？
余計なことをしなけりゃ　何も起こらないってこと
家に閉じこもりきりか　バラ色の人生だな
少なくとも道には迷わない
だな　でもカビが生えて死ぬんだぜ

クソ女。結局、悪いのは俺かよ。これまでそんなことは一言も言わなかったくせに。クソ女。そうか、俺はブタ箱入りも自業自得ってことだな。クソ女。だったら、こんなとこについて来なきゃよかったじゃねえか。

俺はチビを抱えてそこを離れた。あいつは頭に血が上ると笑い出すんだ。楽しいお散歩で一日を過ごしたあと、最後のゴールはどこだ。ブタ箱か。こりゃいい。本来ならとっくのとうに入っとくべきだったところだ。だが、すぐにカルラがあの呪われた鞄を引きずって追いついてきた。頭を垂れてしゅんとしている。俺と手を繋ぎたがった。俺も手を繋ぎたかった。カルラの手は俺と同じくらいの大きさだ。ちょっと不恰好なくらいだ。なんでかって、普通、完璧な恋人同士ってのは男の手のほうが女のよりも大きいもんだ。カルラは俺の手が男にしては小さいと言うし、俺からしたらあいつの手がでかいと思う。だが、繋いでしまえばそんなことはどうでもよくなる。片方が柔らくて片方が毛深いってだけだ。

警察にはあっという間に着いた。すたすた歩いているやつらを数人追い抜かしたくらい、俺らの足は速かった。逮捕されるのを急いでいるみたいだった。走らなかったのは、脚がそこまでは動かなかったからだ。

警察署はなんとも貧相な見てくれだった。ぼろい、というわけではない。ただ、感じが悪かった。さんざん苦労をなめてきた人間みたいなくたびれた雰囲気を醸し出している。不釣り合いなのが駐車場のやけに新しい車と、でかでかと掲げられたシンボルマークで、そこだけは刑事ドラマみたいだ。壁は塗り直す必要があったし、水やりを怠っている植物は枯れかかっている。正面に貼ってあるポスターはどれも古かった。くにの交番によく似ている。ただ、こっちの方がずっとでかいし、何もかもが外国語で書いてあるところが違う。

　この外観を見て、バルで聞いた話に合点がいった。くにから来たやつが食べるものも寝るところもなくなって、もう不法滞在者でいることに疲れた、強制送還をしてほしいと警察に出頭したんだそうだ。娑婆もしばらくおさらばだと、出頭する前に持ち金全部を飲んじまったらしい。ところが驚いたことに、というかやつにとっては残念なことに、強制送還されるのは密告されたやつだけで、出頭者はそうはいかないと突っぱねられたんだそうだ。不法滞在者がのこのこ現れたところで、警察にできることは何もないと逮捕すらされなかったらしい。不法滞在者なのは間違いないのに不法じゃないってことか。そいつは意味がわからず、自分を逮捕してくれ、送り返してくれと迫ってパスポートだの失効した入国ビザだのを見せたんだが、とりあってもらえなかった。逮捕されて送り返されるにはだれかにチクってもらわなきゃならないんだな。チクられるまでは何をしたって自由だ。子どもらを学校に入れられるし、医者にだってかかれるし、島の言葉の授業も受けられるし、お楽しみに文化クラブとかにも入れる。なんの問題も起こさず奇跡が起こればそのまま普通に島に溶け込めるって寸法だ。残念なことにだれにも密告されなかったその男は、しょんぼりと戻ってきて、だれか自分のことを密告してくれと大騒ぎで頼みまくったそうだ。ところがだれも目も合せようとしない。下手にそこから電話でもしたら、電話の場所を特定されて、そこにいるみんながまとめて御用になりかねないからだ。その男の運のなさはそれだけにとどまらなかった。そいつはだれかに誘われて島までやってきたってわけではなかったんだ。来る道を自分で作って来たんだから、帰り道も自分で作らなきゃな、ってことだ。それで、その男が住所不定だと知っていたカフェの主は、男がここの常連だなんて言うんじゃないぞ、問題はごめんだ、また弁護士に法外な値段をふっかけられるのはまっぴらだからな、とそこにいるみんなに念を押したらしい。

警察の待合室のベンチはいっぱいだった。俺たちはベンチの横に立って列に並んだ。カウンター内にいるおまわりはどう見ても客の応対にうんざりしているようだった。当直の時間がそろそろ終わる頃なのかもしれないが、俺たちと並んで朝も早くから警察に来ているやつらにイライラしているのが見てとれた。電話が鳴りっぱなしなのもいけない。ここに足を運びもせず、電話線の向こうからつべこべ言ってくるやつが優先されるのは納得がいかない。こっちはわざわざ出向いているっていうのに、なんであっちの用件の方が重要だと見なされるんだ。電話の向こうで受話器を握っているやつ全員が、空いた手で自分の内臓を握っているわけでもなかろうに。そういうふうだから世の中が混乱するんだ。

カルラに耳打ちして、後ろのポスターに俺の顔があるか聞いてみた。ところが「ポスター」という言葉しか聞こえなかったらしく、いきなりポスターを指さした。俺のことを考えてくれるなら、といっそう低い声で俺は言った。頼むから大声出したりぴょんぴょん跳んだりして目立つことをするなよ、と（だいたい、みっともない）。カルラならポスターをくすねて部屋に持ち帰り、隣近所に見せて回りかねない。これがくにだったらもしかしたらそれなりに尊敬を集めるかもしれない。国際指名手配犯に名を連ねるなんて、ちょっとしたもんだろう。一瞬、俺の顔があったらいいなと思ったくらいだ。

残念ながらないね　とカルラは言った。

ならよかった、と半分残念なような半分安心したような気持ちで答えた。ポスターにはくにのだれかがほかに載ってるかと聞いてみた。自分自身は有名でなくても、有名人と親しかったってのもポイントが高い。土産話にちょうどいいだろう。ポスターを入手するに至った朝の経緯については、当然ながら省略するとして。ほかのやつらだって、夏休みでくにに帰ってても惨めな暮らしぶりについては話さないはずだ。夕飯にドッグフードの缶詰を食べたなんて話はもってのほかだ（最初は間違えたからだったが、次からはわざわざ買った。犬用のミートボールも案外いけたってのと、何よりとにかく安かった)。一流企業、大金持ちの雇用主、俺たちを窓のない地下室に寝かせる心優しい人たち、本よりテレビの数が多い家、あっちでは何もかもがくにより安いし品質も確かだってことになる。普通に考えたら、おかしいだろってことも外国ならあるかもと思ってしまうものだ。くにではどれだけ人生が振り出しに戻ったところで、結局いつもぎりぎりの生活で、何もかもがあり得ないくらいに高いに決まってる。

そろそろ飽きてきた息子が鞄によじ登ろうとしていた。俺もカルラも気づかないうちにチャックを自分で半分開けて、片足と片腕を突っ込んで身体の半分が入りかけたところに鞄がひっくり返った。普通だったら大泣きするところだが、すっとんできた警官二人に助け出されて、チビもさすがにここでは大人しくしておいたほうがいいと判断したらしかった。気にすんな、と俺は言ってやった。この鞄はお前の乳母車でもあるんだから。周囲のあきれた視線もかまわず、もう一度チビを鞄の中に入れてやった。

俺の番が来た。チビ入りの鞄をカルラに手渡すと、堂々と警官の方へと向かった。ゆっくりと大きな声で、自分たちの手荷物の説明と、家に帰りたいと思っていることを説明した。相手はいろんなことを言ってきた。俺はもう一度同じことを繰り返した。そうして通じ合わない会話のキャッチボールを何度か、電話が鳴るまで続けた。俺の真後ろで、カルラは急に笑い出したり、かと思うとむせび泣きしたりしそうになるのをこらえていた。俺はと言えば、とにかく眠たかった。警官が戻ってきて、また謎だらけのことを言ってきて、俺はさっきまでの説明をかいつまんで繰り返した。そうだ、絵を描いてみよう。そこにあった何かの申請書の裏側を使って、煙突と入口のついた小さな家を描き、その前には道路と空気がよさそうな小さな集落を描いた。これじゃあ俺らが住んでいる町よりもだいぶ上品な住宅地だと思われかねない。集落は線で消し、その横に高い建物を描き、周りにもビルだとか屋根にパラボラアンテナをくっつけた家だのをたくさん描いた。その下にはバスを描き、横には父親、母親、子どもの家族を描いた。家族からバスへと矢印を描き、バスから建物へとつないだ。最後に大きなクエスチョンマークを描いてみた。

カルラが立ち上がり、母親にスカートをはかせなきゃこれがあたしたちだってわからないんじゃない、と言ってきた。今のおまえがはいているのはレギンスと、ほとんど用をなしていないくらい短いスカートだろう、長いTシャツかってくらいじゃないかと言っても納得しない。女はスカートをはいているものと思い込んでいるらしい。

じゃあ髪の毛を長くしてちょっとカールさせたらどうだ

ロン毛の男だっているでしょ　ヒッピーとかヘビメタ系だったら

胸をでかくするか
前向きに描いたのにどうやってでかく見せるの　横向きに描き直さなきゃ
二つ丸をくっつければわかるだろ
なんでそんなにスカートを描きたくないの　あたしは女なんだから　スカートをはかないと
めったにスカートなんてはかないくせに
関係ない　スカートをはいていれば　普通は女だと思うでしょ
そんなことしたら　これがだれなのかわからなくなる
ゲイカップルの絵だと思われたらどうするのよ
ゲイに子どもはいないだろ
結婚ができないだけで　あとは養子でもなんでもできるのよ
それは違法だろ
そんなことない　違法なのは法的に結婚することだけで
ゲイがどうしようとかまうもんか　ただこいつにスカートをはかせちゃったらこれが
俺らのことだとわかってもらえなくなるって言いたいんだよ
スカートなしじゃ　結局なんにもわかってもらえないって

パーティードレスでも描いときゃよかったか。どっちにしてもおまわりにはなんにも通じなかった。紙を見て、それから俺を見て、いきなり突っ返してきやがった。このまま引き下がるつもりはないので、俺は受け取らず、紙を指さして返事を待った。困ってる人を助けるのがおまわりの仕事だろうが。俺に紙を返すということはその義務を怠ったということで、何にもしないでのうのうとみんなの税金から給料をもらってるってことになる。みんなの税金とは言ったが、俺は払ってないし、少しでも金を貯めなきゃいけないから納税は無視しているカルラみたいのも抜かしとく。それにしても、そのおまわりにはそんなことはわかるはずもない。どこぞの国からやってきた、ただの若い夫婦と子どもが、大いに困っているということくらいはわかるだろう。

俺の後ろからだれかが何かを言い、おまわりは身ぶりで俺にそこをどけと命じた。それは俺にも理解できた。カルラが子どもが入った鞄を揺らしているあいだ、俺は座ってじっと目の前の阿呆をにらんだ。お前の国では問題は隣にたらい回しできるんだろうが、俺のくにではそうはいかないぜ。紙を奪い返して、このカウンターから動くもんかと身ぶりで示し、カルラには心配するな、ここから出るときはこいつらに家まで送ってもらう時だけだと言った。聖なるものに賭けてそうすると俺は誓ったんだ、と。カルラは、その聖なるものってなんなのさと聞いてきたが、俺にはその質問の意味がわからなかったし答える必要もないと判断した。今、気を散らすわけにはいかない。隣の椅子にだれかが新聞を忘れていて、くにのチームが勝ったことを知った。これはお告げだ。同胞が島民から二点ももぎとった。バルはさぞやお祭り騒ぎだったろう。ああ、これでまた最高のチャンスを逃しちまった。本当なら同郷のやつらと一緒に飲んで騒いで、車に乗るまで肩を貸してやって、ついでに仕事を紹介してもらえたはずなのに。

おまわりは一人一人応対して、また俺のところに戻ってきた。紙を手に取ると、外を指さした。そいつはご親切にありがとう、だがそんなことは俺も承知の上だ。やつには通じず、外へ出るように誘ってくる。俺の腕を取り、立ち上がらせようとしたが、俺は拒否した。

こうなるって知ってたくせに　と俺の中の俺が言う
しゃしゃり出てくんな　と俺が答える
しかし　ひどい対応だな
その通りだ　あっと気づいたら道にほうり出されるのさ
そりゃないだろう　おまわりは市民を助けてくれるんだ

助けるって　助けるもんか
それが法律だ
男なら男らしくしろよ
俺にどうしろと？
しっかりしろよ
しっかりしてるだろ
座ってるだけだ
暴力はいやだ
意気地なし
かみさんも子どももいるんだぜ　どうしろって言うんだよ
踏ん張れ

そうだ。その通りだ。家までの道がわからなかったら、もうどこへも行けないじゃないか。必要とあればここで夜も寝てやる。おまわりはそんな俺の決意にも気づかず、もう一度強く俺を押した。俺はそいつに飛びかかった。

9　好きで自分勝手になったわけじゃない

俺は肘をぐっと引き、おまわりの腕をふりほどいた。その勢いでやつの喉をつかみ、右手でしめあげながら左手を振りかぶって威嚇した。臭い息がかかる。恐怖の臭いだ。ミミズ野郎め。あと一歩で握ったこぶしで殴りつけるところだった。そうしなかったのは、ほんの一瞬、憐みを感じたからだ。何時間も椅子に座りっぱなしでは身体も固くなり、反射神経も鈍っていただろう。ビールを片手に田舎の農園で余生を過ごす定年後の生活だけを夢見てきたじじいなんだろう。阿呆め、俺が何がほしいかわからないからって放り出そうとしやがったな。俺らがほしいのは、ごく当たり前の生活なのに。時給が払われる仕事、自分たちだけの風呂とトイレ、できれば小さな台所もある部屋。それだけだ。俺らを幸せにしてくれることはできなくても、警察ならせめてそこまでの道を教えるのが筋じゃないか？

駆けつけたおまわりの大群に押しつぶされる前に、やつの母親を侮辱する言葉を吐き、顔の目の前に中指を立ててやった。やつの脳裏にしっかり刻み込んでおくためだ。今回は情けをかけてやったが、次は急所を蹴って喉を掻っ切ってやる、と。

次の瞬間、俺は顎をしたたかに床に打ちつけ、腹這いにさせられていた。うまいこと肩から倒れたので前歯を折るのは免れた。三対一じゃ仕方がない。背骨を膝で踏まれ、両腕を後ろに回された。俺にがっちり手錠をかけてから、やつらもようやく人心地ついた。くそ野郎ども、何も息子の目の前でやることはないだろう。人に辱めを与えるのに手段は選ばないんだ。実際、島民の行儀ときたらひどいもんだ。学校に行ったことがあるのなんていないんじゃないか、それともほんの一握りしか行ってないのか。でなけりゃ、本当にちょっと遅れているかだな。血が濃すぎるんだよ。まじで、従兄妹どうしでいちゃいちゃするやつばっかりだからな。

カルラはじっと固まっていた。鞄に入った息子を胸に抱えて、ベンチの隅で小さく背を丸めてじっとしていた。引っ張られながらも、俺はカルラにバス停の場所だけは聞いておけ、先に帰ってろ、俺は後から帰るからと怒鳴った。カルラは何も答えなかった。聞こえなかったからなのか、それとも口がきけなくなっていたからなのか。事務室のドアがずらりと並ぶ白い廊下を俺は引きずられて歩いた。そんな俺を見ても驚いている人間はいない様子だ。だれも俺のことを知らず、だれも俺から目を離さない。野蛮で、人をとことん侮辱する、人権を無視したこういう場面は、ここでは日常茶飯事なんだろう。俺は引っ張られて階段を降りた。もし取り調べ中に頭をかち割られても、ここで足を滑らしたってことにされそうな階段だ。地下の房に入れられた。なかなかいい部屋だった。新しいし、清潔だし、洗面台とトイレもついている。これは神の思し召しか？　と思いかけたが、いや神は俺が殺したんだったと思い直し、横になった。毛布は新品だ。枕もやわらかい。靴を脱いだ。だが、がばっと起き上がってトイレが壊れていないか見にいった。顔と手を洗う。腹の中のものを出したいんだが、トイレットペーパーが見当たらないのでこらえることにした。もう一度横になる。これが牢屋でなければ最高の部屋なんだがな。しかも家賃はただときた。俺はじっと寝転んでいた。すぐにでも眠れそうだ。だが、カルラと息子の顔が目の前に浮かぶ。二人が外で待っているというのにごろごろしている場合じゃない。あの二人はここから追い出されたかもしれないのに。監視官を呼んだ。家族の様子を見てきてほしい、できるなら、数時間でいいから二人もここに入れてやってくれと頼んだ。二人を捕まえてほしいってことじゃない、トイレに行かせて少し休ませてやりたいんだと。そうしたら、ちゃんと出ていくから。俺ら三人で一緒に帰れるかもしれない。おまわりの喉をしめたぐらいじゃ大した罪には問われないだろう。あそこにいた人間はみんな、あんなのはちょっとつねっただけだって見ていたはずだ。俺の尊厳がかかっていた、ただそれだけだ。あのとぼけたおまわりがこれ以上情けないことをして陰口をたたかれないためにも、このまま届を出さずに放っておこうと決めてくれたら、この件はそのまま うやむやで終わるはずだ。俺ごときのことで、お偉いさんたちの手をわずらわせることもない。

監視官の阿呆は俺が何を言っているのかわからないふりをしやがった。静かにしていろと身ぶりで示して、戸を閉めた。やつを呼んだことを後悔した。俺が仲間がほしくて、ほかの犯罪者を連れ込もうとしたと思われたかもしれない。しかたなく寝台に戻ったが、眠れなかった。本当に俺はへまばかりだ。黙って静かにしていることをいつになったら学ぶんだ。

二重の矛盾の理論はここでも正しかった。俺が望んだのはこういう部屋じゃなかったんだが、俺自身も細かいところまで考えていたわけじゃない。もっと細かに考えておくべきだった。次こそは、そういうつもりじゃなかったってことはないように、最初から最後までしっかり考えておこうと誓った。まあ、それでも今回はこれなら結果オーライと言えるのかもしれない。これからやりたい仕事について細部まで考えておくことにしよう。作業服を着てタイムカードを押す、等間隔に空いた列の番号の一つに入る、鶏の内臓を洗う仕事にするか、それともパッキングの仕事にするか。よくよく吟味することが大事だ。ひょっとして、俺がおまわりに向かって行ったってのも、同じからくりかもしれない。となると、二重の矛盾の理論に照らし合わせて、やめとこうと思うことは二度続けてやっておくべき、ということになる。よい結果を招くんだったら、なんだってやってやる。

ほんの数分間、寝といたほうがいいのかも。あんまりぐうすか寝るのも格好が悪い。せいぜい十五分。目が覚めたら、これからどうすりゃいいかわかるだろう。俺は座ったまま壁に寄りかかった。あまりいい具合じゃない。廊下からチビの声がした気がした。外をのぞいてみたが、だれもいない。罪の意識から幻聴が聞こえたか。昼寝はあきらめた。膝が痛かったので脚を伸ばした。

そして目を覚ました。

下司野郎　俺が俺を罵倒した
まあ待てよ　と俺がなだめる
こんな状況で寝てられるなんて　お前は相当なお調子者だな
ちょっとだけだよ
言い訳すんな
眠るのは罪じゃないだろ

ぐだぐだほざくな
疲れてたんだよ
かわいそうにな　疲れちゃったか　ぼくちゃん　あんよが痛いってか？
黙れ　それ以上言うな
いびきをかいてる野郎にそう言われてもなあ
眠たすぎると人間はコントロールが効かなくなるんだ
眠たすぎると？　自分勝手がすぎると　だろ
もうじゅうぶんだ
じゅうぶんか　もうだいぶ寝たもんな　次は？　朝食が来るかな？　トーストにするか？
そんなに寝てない　せいぜい一分か二分だろ
一日か二日ってとこだろ

実際、どれだけ寝たのか見当もつかなかった。ほんの数分のはずだ。だが、窓の外を見るともう暗かった。丸一日寝たのか、それとも一週間か。ブタ箱に放り込まれるなりこんなに熟睡できるなんて、俺はただの動物だ。カルラが待ってるのに、俺はよだれをたらして眠りこけていたんだ。本当に俺は畜生以下だ。捕まって当然、首を吊られて当然の人間だ。この身勝手さでは罪に問われるのも当たり前、法律違反ものだ。だれかに被害届を出されたわけではないが、自分で自分のことはわかっている。俺という人間は、とにかく自分のことしか頭にないんだ。長年かけてそれを隠す術を身につけてきただけだ。他人のために動くのは意識的だし、いやいやながらだ。他人のことなんてどうでもいいという本音を隠すためだけに動いていたんだ。ただ、俺だって好きこのんで自分勝手になったわけじゃない、とは言っておきたい。そうじゃなくて、俺は骨の髄まで怠け者なんだ。他人の役に立つことをすればするほど、自己嫌悪に陥ったものだ。他人のために親切にし、動き、自分のものではない問題を片づけるのは苦しくてならなかった。腹の底では、他人なんてどうでもいいと思っていた。他人の不幸なんて、遠い遠いところで通り過ぎていくものでしかなかった。

あるとき、この自分可愛さが少しはましになったか、他人の痛みを感じられるようになったか知りたくて、聞いたこともないような遠い国の病気の子どもたちのために募金をつのる新聞記事を切り抜いた。切り抜きを電話のそばに置いて、毎日毎日、今日こそはカルラに話そう、わずかな金でもいいから気持ちだけでも送ろうと相談しようと悩んだ。で、ある日、会話のない夕食の最中にふと記事を思い出してカルラに話してみた。カルラは一も二もなく同意した。それどころか、小銭では意味がない、きちんと助けてあげられるだけの額の小切手を贈ろうと言い出した。そこから、いくらにするかで相当の罵り合いと脅し合いが始まったのだ。そのどこか遠くの国ではここよりずっと生活費が安いということと、子どもたちにしたってさほど大病をしているわけじゃない、だから俺たちにとっての小金でもあいつらには大金なんだと言うことがカルラにはどうしても理解できなかった。

そこで俺ははっと我に返った。トーストが二枚、トマトソースで煮た豆とカップに入ったお茶が差し入れられたのだ。見ず知らずのだれかが、この俺のために、頼みもしないのに何かを作ってくれた。悪い気はしなかった。自分はいま便所のバケツにいるようなもんなんだとわかっていても、気分がよかった。俺も、もう一度どこかのだれかになれたんだ。名前ではなく数字で呼ばれることになるのかもしれないが、俺という存在がとうとうほかのだれかに認められたというしるしじゃないか。俺がここにいるということをだれかが知っていて、その日の予定に俺の用事を組み込んでくれるんだ。つまり、ある意味で俺という存在がその人には必要なんだ。俺がいるからこそ、その人の一日があるわけなんだから。その人は俺を無視することも、横を通るときには突き飛ばすこともできない。なぜなら、俺がいなくなればその人は仕事が減り、もしかしたら左遷されたりクビになったりするかもしれないからだ。要するに俺も人の役に立っている、ちゃんとした役割があるってことだ。仕事がある、とまではいかないが、それに近いだろう。自慢するわけじゃないが、俺は五分もかからない仕事をして、食事、寝床、清潔な着替え、それになんと小さな机と椅子まで自分のものにすることができたんだ。

　学校を出てからというもの、俺は自分だけの場所を持ったことがなかった。そこに座って見つめ、考え、眠り、しゃべり、時には読んだり書いたりする場所。ここにもう一日か二日いていいんだったら、カルラに手紙を書こう。何かを書く、なんてのも作文の授業以来だ。俺らは二人で一つの携帯電話しか持っていないので互いにメールを送りあうこともない。だいたい、俺はカルラが出かけるときも帰ってくるときも家にいるのでメモを書く必要もない。実を言うと今さら何を書いたらいいのかわからないくらいだ。カルラにはなんでも話してきた。これについては、島に感謝してもいいかもしれない。俺らはとにかくよくしゃべった。いろんなこと、それこそかなりプライベートなことについても話した。たぶん、それは、しゃべる相手がほかにいなかったからだ。俺らは何時間でも、意味のないことすらもしゃべっていた。それはただ、互いの周りを空疎なものにしたくなかったからだ。だれか、自分に声をかけてくれる人間がほしかったからだ。

　くにに手紙を書いてもいい。細かいところまで知らせる必要はない、みんな元気だ、心配はいらない、仕事も順調だし住むところもちゃんとあるし、貯金もできてきたし、島では何もかもがそっちよりずっといい、とそれだけでいいんだ。正直なことを打ち明けたっていいことはない。くにのみんなにも、それぞれ悩みと苦労があるんだから、外にいる者が余計な心配をかける必要はどこにもない。ほんとうのことを話せばとんでもない恥をかかせることにもなる。出稼ぎに出た移民の暮らしはよくなるのが普通であって、前より悪くなるなんてあっちゃいけないんだから。なんのためにわざわざ出てきたかわからないじゃないか。くにに帰るときは札束を抱えるほど持ち帰り、町で一番でかい家を建てなきゃな。近隣の森を買い上げ、娘の婚礼には一番肥えた豚を殺させるんだ。その娘はといえば、くにの言葉がおぼつかないのをごまかすのが半分、気取っているのが半分で外国語しかしゃべらない。

ここまで考えていて、ふと疑念が湧いた。そういえば、くには記憶の中より実際はだいぶ寒いんだった。セントラルヒーターに慣れきったこの骨にあの冬は耐えられないだろう。女房だって、土地の人間の考え方にはもうついていけないんじゃないか、外国で過ごした都会の空気が懐かしくなるんじゃないか。娘も結婚して外国に戻ったら里帰りをしなくなり、孫は遠くで育ち、少しずつ、家族ってのは父と母だけのことじゃないってことも、幼いときに受けた教えも忘れていくんじゃないか。

次に待っているのは絶望だ。大枚をはたいて買い上げた土地だったのに、ずっと働きづめでくたびれきった老体が一人で鍬を振るったところで荒れ地をならすことなどできるはずがないことに気づく。かといって、手伝いを頼める当てもない。元の地主はその土地は痩せていて、手入れをする人手もないからこそ山羊一頭と交換したんだから。近隣には神父も警官も教師もいない。日用品を買うにはふもとの村まで下りていかねばならないし、バルなんて、もはや夢にしか出てこない。唯一の解決策はもう一度外国に戻ることだが、くにでもらう年金では外国暮らしにはとうてい足りない。

そうして老後はワインにすがって生きていくことになるんだろう。

俺ら三人の写真を向こうに送ったらどうだ、と思いついたものの、唯一手元にある写真はくにで撮ったものだ。そうだ、カルラが面会に来るときにはカメラを持ってきてもらおう。白い壁の前で撮れば、まさか牢屋の中だとは思うまい。いや、出てから撮ればいいか。ここにはそんなに長くはいないだろう。やつらも、偉いのはどっちかを俺に知らしめるために、ちょっとお仕置きでここにぶち込んだだけに違いない。そう、やつらは正しい。警官を殴ったのは悪かったと思う。実際に殴ってはいないにしても。やつらだって、そのへんは心得ているはずだ。市民に勝手にさせるわけにはいかないので、体面を保つために俺をここに入れたんだ。

監視官が盆を下げにきたので、カルラはどうしているか訊ねてみた。家まで帰れたのだろうか、マネージャーに電話して復職を頼めたんだろうか、携帯に俺あてのメールが来てるだろうか。やつは笑いやがった。笑いながら頭をふりふり、こっちも見ずに戸を閉めて出ていっちまった。阿呆か。何がおかしい。ああ、今が何日で、何時なのか聞くのを忘れていた。もう一度やつを呼びもどそうとしたが、足音一つ聞こえてこなかった。トイレットペーパーを頼むのも忘れていた。と、気づいたとたんに腹に激痛を覚えてどうにもがまんができなくなった。空っぽの胃袋にいきなり豆の煮込みは刺激が強すぎた。尻は水洗タンクの水でどうにかきれいにした。

突然、予告もなく明かりが消えた。別に「お休み」の挨拶がほしかったわけじゃあないが、せめてノックするとか、なんらかの合図をくれてもよさそうなものじゃないか。こちらもそれで心づもりができるだろう。きっと、毎日こんな感じなんだろう。

眠たくなってきたが、目をつぶると暗闇がいっそう恐ろしくなってきた。強姦されるかもしれない。あの看守は俺のことが気に入らず、夜に復讐してやろうと企んでいるかもしれない。さっきの階段の上まで連れて行き、ちょいと押せば、俺なんていちころだ。俺はベッドに座り直した。悪を寄せ付けるわけにはいかない。邪悪なものよ、我が命に手をふれることなくここを去れ。チビとカルラも助けてくれ。俺は国外追放になったっていい。俺の身体がどこも欠けることなく、妻と息子が道端で寝るようなことさえなければ。それが最低条件だ。そう難しくはないだろう。

自分でもなんだかよくわからないものを見ながら、一晩中起きていた。もう二度とあんなものは見たくない。人間のものとも動物のものとも思えない形をしていた。ときどきもぞもぞ動いたかと思うと、意味不明の音を出すときもあった。神が懐かしくなってきた。こういうとき、そばにいてくれるのは神だけだろう。俺たちが突っ込まれた穴がどれほどしっかりと閉じられていようと、神であればすり抜ける隙間を探して入ってきてくれるはずだ。

ようやっとうとうとしたとき、明かりがまたついた。しっかりした朝食をもらえる権利があり、シャワーも許された。夜の闇に犯罪者たちを連れ込まないでくれてありがとう、とそっと感謝した。ボイラーの音がうるさくて、どんなことがあってもおかしくない場所で服を脱ぐのはためらわれた。お湯の下をくぐりぬけると、すぐに身体を拭いて服を着直した。変態野郎に近寄られたらたまらんからな。それにしても、看守が裸の俺をじろじろ見てきやがったな。あの野郎、自分の立場をいいことに目を付けた男をほしいままにしていやがるんだ。少なくとも、くにではそういうことはなかった。やつらはごまかすために髭なんか生やして、めったやたらに人を殴ったりしてた。男をじろじろ見たりしたらあっという間に仲間から追い出される。

牢屋へ戻る途中で、事務室に引っ張り込まれた。机の向こうではおまわりが、おまわりじゃないもう一人のやつと話し込んでいる。机の上の携帯をのぞきこんで時間と曜日を見ようとしたが、時計は針のやつで、曜日も島の言葉で書いてあったのでよくわからない。おまわりじゃないほうは、なんとくにの人間だった。発音がちょっと妙で、バルでたまに見かける、島に長年住んでいるやつみたいな話し方をした。そういうやつらは、いつかくにに帰る日を夢見て毎日を必死で生きているんだが、実際はそいつらが後にしたくには、今はもうない。なら、どこに帰るんだ？　本当のところは、あいつらにもそれはわかっているが、帰るという夢を失くしてしまったら何も残らなくなる。それでいいんだ。でかい嘘を埋め合わせるための嘘。あいつらが外国に出ると決めたときに言われた嘘とおんなじだ。行って来いよ、いつでも帰れるんだから、と。

　外国語訛りはあったが、そいつのおちょぼ口から出てくる言葉はとりあえず、ほぼ理解できた。肉付きのいい頬と、ぶっといつながり眉毛の陰になって、おちょぼ口にお似合いのちっこい目は見えやしない。それにしてもこの眉毛、口髭がおでこに張りついたみたいだ。ところで、この醜男、どっかで見たことあるぞ。テレビのコメディアンとごっちゃになってるのかもなと、それ以上は考えないことにした。そいつにカルラはどうしているかと訊ねてみると、おまわりに聞いてくれて、子どもとスーツケースと一緒におまわりの車で部屋に送ってもらえたとわかった。詳細については差し控えるが、とりあえず奥さんはご無事だそうだ。おお、ずいぶんお高くとまった言葉を使いやがるじゃねえか。身入りのいい仕事をしてんだろうな。そもそも、やけにおまわりたちと馴れ馴れしい。そいつに、おまわりにうまいこと掛け合って、もうこのまま釈放してもらえないか聞いてくれよ、と言ってみた。すると、自分はただの通訳であり、「うまいこと」やるつもりはない、と返してきやがった。へえ、通訳かい、肩までくっつきそうな耳たぶを見て、てっきり道化かと思ったよ。こいつはおそらく、くにから逃げてきて長いんだろう。で、島民と一緒に暮らすうちに同じくらい下司な野郎になったんだろうな。この雰囲気からして、もしかしたら、自分も島民になったと勘違いしているんじゃないか。島特有の病気に罹りやがったな。自分と同郷の人間を見つけると、横目でにらむって病気だ。自分たちの取り分を横取りされちゃかなわないと思ってんだろ。なかには、自分らが移民の一番乗りで、後から来たのはみんな、自分らの真似をして同じ母ちゃんのおっぱいに吸いつきに来たと考えてるやつすらいる。後からきたやつは、道を通してほしけりゃ払うもんを払いな、ってことだ。

警察からは二つの選択肢があると言われた。どっちも負けず劣らずクソみたいな申し出だ。一つは、公務執行妨害および侮辱罪で裁判にかけられ、島民と同じ刑に服す。当然、俺は強制送還になり、あっちの空港では懐かしのおまわりどもが待ち構えていて、そのままお縄だ。もう一つは、殴りかかったおまわりに謝罪をし、四十八時間以内に島から出る、という条件だ。二度と戻らないと約束するのであれば、どこへ行ってもかまわないそうだ。島を出るにあたって、最初の案に乗るのなら島が全部お膳立てするが、二番目の案だと、自腹で出て行かなくちゃならないらしい。その代わり、四十九時間目以降に俺が島にいるとわかったら、すぐさま捕まり、これまでの罪全部を償うのはもちろんのこと、さらに刑を重くするためにありとあらゆる罪状をくっつけてやると言われた。もしかしたら俺のポケットにドラッグが入っていたということになるかもしれない、だと。

いずれにせよ、俺は追い出される。違いは、俺のケツを蹴り出すのにどっちのカネを使うかってだけだ。もう一つ、二番目の案は公式のもんじゃない。もしこの申し出のことをだれかにチクったら、やつらはそれを否定するだけにとどまらず、筋肉隆々の退職した元おまわりを紹介してくれるらしい。で、俺は一生悪夢を見る羽目になる。

通訳にどう思うか聞いてみた。

どうも思わないよ
思わないはずないだろ　人間はいつだって何かを思ってんだから
僕がどう思おうと関係ないじゃないか　あんたは公務執行妨害の罪を犯したんだ　こ

ではそういう罪は非常に重い　甘く見るんじゃないぞ　自分が何をしたかわかってるのか？　まだあっちにいると勘違いしてるのか？
ちょっとつかんだだけだろ
それだけで罪になるんだ
無礼な真似をしやがるからだ
それは信用できないな　ここの警官はみんな親切で丁寧なことで知られているんだからら
まじだよ　俺らの言うことに耳を貸そうともしなかった
それとこれとは別だろう
俺らのことを完璧に無視しやがった
彼らがどうやってあんたを理解すると思うんだ？　ここの言葉が話せるのか？　話せるなら僕が呼ばれることはなかったはずだ　恥ずかしいとは思わんのか？　ここに来て何年になる？　それで言葉が話せないままだって？　ここまで来て努力もせず　おかげで同郷の人間まで悪く見られる
時間がなかったんだよ
ふん　時間か

まじだって
言葉も話せないくせに外国までのこのこやってくるんじゃないよ
カネもなかったし
言葉を覚えるのにカネはいらない　ただ努力あるのみだ
それにしたって俺らを追い出すってのはどうだ
あんた　前科があるんだろ？　マエがある人間はこの国はお断りなんだよ
マエなんてねえよ
人を殺したくせに

ちょっと時間をくれないかと頼んでみたが、断られた。ここはホテルじゃない、残ると決めたら残ればいいが、残ってどうなるかは承知のはずだ、だと。まじで根性腐ってるな、こいつ。もしかしたら今までの話も全部作り話じゃねえのか。同じくにから来たやつが、仲間になんにもしてやらないなんてことがあるのか。信じられねえ。もし俺が中国人だったら、こうはならなかったはずだ。中国人の結束は固いからな。みんなで手を組んで島民に対抗する。店だの食堂だのを開いて、やつらからは取れるものを取るが、だれかを雇うときには同郷の人間しか雇わない。そうすればくにによりたくさんのカネが回るからだ。そういう筋の通ったことしか、やつらはしない。同化なんてしない。自分らは周囲とは違うと自覚して、しかもそれを誇りに思っている。自分たちとは違う人間のことなんて考えず、外国語を覚えることも、その土地の料理を口にすることも拒む。それでいて、だれにもちょっかいをかけられず、食うに困るようなこともない。

　そこで、俺は自分から第三案を出してみた。ここで俺の面倒に巻き込まれるのも厄介だろうから、くにに送り返すカネを警察に出してもらうってのはどうだ。ついでにカルラとチビのぶんも。クソ野郎はすぐさま、ふざけるんじゃない、ここは旅行会社じゃないんだよ、と憤慨しだした。ところが、そこにおまわりが割って入って俺がなんと言ったのか通訳しろと言ったようだ。話を聞いたおまわりは俺の顔をじろじろとにらみつけてきやがった。そういう話になるとは思いも寄らなかったんだろう。奥さんは同意するのかと聞いてきた。する、と答えても信じようとしない。今ここで確認しろと電話を指さしてきた。

　カルラは寝ていた。マネージャーはあたしの電話には出ようともしないし、あんたあてのメールは一つも入っていないわよ。寝る前に大使館に電話して、なんとかしてもらえないか訊ねてみたら、今は対応できないと言われたの。もうすぐ夏休みに入るから、人員不足になるんだってさ。とりあえず、予約をまず入れてください、ただ、それでも年が明けてからになりますね、夏休み中にたまった仕事を片づけているうちにクリスマスになりますからね、この人手不足では奇跡でも起きない限りすぐには動けませんから。そう説明を受けて、最後に移民支援センターの番号をもらったんだけどね、そのセンターはくににあって、大使館ではコレクトコールの国際電話は受けられないって。打つ手なし、よ。それに何かをしてくれたとしても、裁判沙汰は無理だって。支援センターは、ただ生活面でのアドバイスだの、移民同士の夕食会やらファドの夕べだのを開いたりするだけなんだって。だれかを助けるつもりもないし、ましてやこういう厄介ごとはなんにもしてくれないって。

　一緒に帰ろうと俺がもちかけると、考える時間をちょうだいとカルラは言った。ゆっくり風呂に入ってあったかい寝床で一晩眠ると、人間ってのはどうしてこうもあっさり腑抜けになるんだろうな。考える時間なんてものはありゃしないんだ、とカルラに言った。一緒に帰るか、俺がブタ箱入りかの二つに一つなんだぞ。それでも電話の向こうの女房は黙りこくってる。あっちこっちに電話はしたくせに、あんたが自由になるならほかには何もいらない、となぜ言えない。沈黙に耐えきれず、何がわからないんだと聞いてみた。

別になんにも

じゃあ　なんだよ？

帰っちゃったらもう戻れないんでしょ

どこに戻るんだ？
ここでやろうとしていたことがあるじゃない
ここに残ったってお前ができるのはブタ箱にいる俺に面会に来るだけだぜ
あっちでは？　捕まらないの？
捕まるわきゃないだろ
なんで？
俺が帰ったことがばれるわけない
でも　もしばれたら？
ばれないって
あんたが償うべきことを償えば　あたしたち普通の生活に戻れるんでしょ
俺が死んだらどうすんだよ
死ぬって？
牢屋でだよ

あんなに帰りたい帰りたいと言っていたくせに、飛行機の切符まで用意してもらえるってのに、わからないってどういうことだ。俺が何をしようとも、どんな解決法を見せても、カルラは絶対に満足しなくなっている。俺には何をさせても無駄だと思ってるみたいだ。出会った頃は、人生の場数を踏んだ男の知恵がある俺に熱いまなざしをむけてきたもんだが、そんな熱はもはやとっくに冷めている。俺も、どうやったら前みたいな英雄に戻れるのかわからない。島での生活で、俺たちの立場は逆転しちまった。くにと違って、島では道を歩いていてもだれも俺に挨拶してこない。そういうことが、カルラの、俺に対する見方を少しずつ変えてきたんだろう。島では、カルラは、名もなく実もない、何かの過ちを犯したただの移民の妻だった。俺自身ですら恥ずかしくなるような男の妻。いずれ気持ちが冷めるんだったら、知り合った頃にお互いに嫌いあっておけばよかった。そのほうがましだったのに。

ただ、俺とは違ってカルラはくにでの暮らしに戻りたがっているわけではなかった。新しい服を着て、金髪で、早足で歩く島の女になりたかったんだ。自分が清掃に入っているようなオフィスで仕事をしてみたかった。広い会議室での打ち合せ、長い机に置いてある丸っこい電話。思い続けていればいつか叶うと信じているかのように、カルラはそんな夢を見ていた。結局、俺たちの電話は、これからどうするべきかもわからないまま、席を立たなきゃならない時が来てもまだ空想上の計算をしている人間同士の意味のない会話にしかならなかった。

おまわりの手先野郎が早くしろ、と合図をしてきた。もう牢屋に戻る時間だから答えを出せ、と。カルラにはこう言った。お前のために絶対に捕まりはしない、と。許してくれ、だがお前を愛しているからこそ、牢屋には行かない。証明もされないような罪で、裁判官が刑を下すわけがない。あの乱闘に巻き込まれて、だれが何をできた？　巻き込まれた側の俺が捕まるなんておかしなことがあるか。どこのだれだって、襲われた郵便配達員がその後どんな目に遭うか知っているんだ。クビになった者もいる。俺はあのとき、すでに二回、荷物を奪われていたんだ。もしあそこでプレイステーションを奪われていたら、即刻クビ、失業手当すら出なかっただろう。近所のやつらはみんなよくやったと言って味方してくれた。あの死んだロマ人の家族だけがちびっと寂しい思いをするだけだ。それにしたって、ほんとうのところはわからない。これはいい見せしめになると言ったロマ人だって一人いたんだ。ロマ人の仲間が、だぞ。これで若いのは震え上がって恥を知るだろう、やっぱりカネは働いて稼がなきゃならんと学ぶだろう、って。俺はやつがロマ人だったから刃向ったわけじゃない。黒人だったとしても同じことをしていた。できることなら、落ち着けと説得してそいつを家に帰したかった。目玉にナイフを突き刺したりせずに。ただ、あいつはいかれてた。たぶんクスリだろう。顔がかさぶただらけで、ぶるぶる震えてた。

カルラは、俺が絶対に捕まらないのなら一緒に帰ると言った。ただ、これが最後だと。

もう逃亡生活には飽き飽きした、今度あんたがドジ踏んだら、一生一言もしゃべらないでよねとつぶやいた。

俺は事務室に戻った。女房が同意してくれたから、荷物をまとめるのに数時間もらえないかと告げると、おまわりは、うん、しかし、と言った。しかし、なんだってんだ、この馬鹿、これは俺が言い出したことだぜ、しかしってなんだよ、と思わず口に出したら、通訳が、この人はあんたの意見に賛同はしたが、切符代は彼の財布から出るのだから、いくらでもしかしと言っていいはずだ、と言った。しかし、とおまわりは続けた、お前が向こうについたらあっちの警察に引き渡すことになる、「持ち主に返却のこと」という札付きでな。そうすれば自腹を切ってお前を帰した理由が立つ。それに、旅費を経費として計上するには向こうさんのサインが必要なんだ、だと。俺は、絶対にこのことは死ぬまでだれにも話さないからと必死で頼みこんだが、無駄だった。飛行機で帰るなら、空港で待ち構えるのは、家族ではなく、警察だ。どういうことだかさっぱり俺にはわからねえ。警察がいたとしても、家族もいたっていいだろう。空港はみんなのもんだ。迎えに行きたい人が行くところだろ、とは言わなかった。実際、警察と家族との両方に出迎えを受けるってのは、あまりよろしくない。カルラは俺が捕まってから自分で電車に乗るか、家族に電話をかければいい。その時がくるまでカルラに何も言わないでおけば、もしかしたら、この不運も俺のところにたどり着く前に方向転換してどこかに行っちまうかもしれないし。

　一週間のうちに起こることは、いいことも悪いことも、限度があるみたいだな。これだけドツボ続きなんだ、それなりに報われたっていいだろう。一方で、時々思いもかけないことが途中で起こり、予想もしなかった結果が待ち受けることもある。でなけりゃ、毎日いい思いをしている、なんにも値しないようなクズ野郎があちこちにいるっていうのも、俺みたいな哀れな男に次から次と惨めなことが降りかかるっていうのも、言い訳が立たねえだろう。

10　俺たちの四十キロ

翌朝、警察が家に連れ帰ってくれた。一度も道を間違えることなく、まっすぐに。思った通り、家に帰るのはたいして難しいことじゃなかった。赤信号で止まっている間、一人のホームレスが俺をじっと見ていた。寝袋を拝借したあの男だと思う。お前にはがっかりしたよ、という目で俺のことを見ていた。しょっぱなから間違ってることに気づきもしないで、結局捕まっちまったんだな、とでも言いたげな目だった。申し訳なくて首を縮めた。助けてくれた人を失望させるのはつらい。一年生の一学期から落第になっちゃった、と親に言わなきゃいけないガキみたいな気分だ。

家に着くとカルラが荷物をまとめている最中だった。一人につき二十キロしか持っていけないらしい、と教えると、カルラは周りをぼんやり見渡して、これだけは、という四十キロを頭の中で選別しはじめた。最優先されるのは写真だ。その後、もしできれば、高級タオルとシーツ、俺用には枕だ、これだと寝違えないから。中国人の店で買った花瓶もある。絶対に忘れちゃいけないのが置時計だ。食べ物はスーパーのレジ袋にまとめて廊下に出しておこう。少なくともこれから二、三日はだれかが、親切ではあったが外国語しか話せなかったがゆえに不運に見舞われた一家のことを思い出してくれるだろう。こうして俺らはここに友人と懐かしい思い出を残していく。ただ、今後も手紙でやりとりをすることはない。俺たちは顔の表情、しぐさ、それから沈黙で通じ合っていたからだ。そして、それは手紙には書き写せない。

ベッドの上には俺たちが俺たちだった全部が並べてあった。ものすごくたくさんでもあり、ほとんどなんでもないような気もする。ブランド物の新しい服も高級な調度品もなく、苦労して持ち出して他人に見せびらかせるようなものは何もない、ほんのぽっちり貯めてきたカネでは他人に感心されるような物は買えない。数日前にすべての発端となったようなあのスーツケースには、今はどんどん物が詰め込まれてもはや新品ではなくなっていた。表地は雨に打たれてよれよれしているし、車輪が一つ割れ、チビの体重でポケットもたるんでしまっている。こいつが悪運を運び込んできたんだな、と低くつぶやいた。

なんなの？　カルラが素早く反応した

なんでも　なんでもないよ　俺は情けない声で返した
これがなかったら　あれもこれも手で持ち帰るはめになったでしょ
どこにも帰らずにすんだかも
こんだけツキに見放されてる人間なら　時間の問題だったでしょ

俺はカルラが投げてよこすシャツをたたみはじめた。何をしても無駄だったんだ。俺は本当に救いようのない人間で、悪かったのもぜんぶ俺だ。この手が触れると何もかもがだめになる。この数か月の間、俺たちの家だった部屋は来た時のようにがらんと広くなっていた。道に捨ててあったのを拾ってきた椅子が窓際にある。あれはテレビ台にしていたんだが、カルラがなんとしてもテレビは手荷物で持ち帰ると言ってきかないので、もうただの古い椅子になっている。俺たちが背を向けたとたんにだれかが盗んでいくだろう、ただの古い椅子だ。ラッキーだったのは、まだ月末だから次の家賃を受け取るために家主が来ていないことだった。それくらいはいいことがあってもいいよな。もう一つ、持って帰るものがある。この部屋の思い出がほしかった。鍵をいただくことにした。うっかり持ち帰ったふりをすればいい。昔は島に部屋を持ってたんだ、とくにでみんなに話してやるんだ。階段の一番上で、カルラは最後に振り返りチビの手をとってバイバイさせた。自分たちぬきで続いていく毎日に。ほかのだれかのものになるこの場所に。胸が痛んだ。黙って涙をこぼすカルラを見るのはつらい。どうせなら号泣してきっぱりと別れをつげてほしかった。だが、そうはいかないだろう。このままカルラは何時間もしくしく泣きつづける。本当に悲しいのか、俺をただ苦しめるためにそう見せているのかはわからないが。

空港のカウンターのねえちゃんは、やっぱり同じくにの人間だったが、二つの鞄と一緒に預けたいと差し出した黒い巨大なゴミ袋について、弊社といたしましてはお客様のお荷物をお預かりする際には最大限の注意を払いますが、この袋につきましては破れなどが生じても責任を持つことはできません、と言ってきた。鞄を二つ以上持てる余裕があれば俺らもこんなのは使わなかったんだけど、とは言わず、俺はただ微笑んで、それでいい、とだけ答えた。ペンを借りてシールに名前を記入し、一つの袋に二枚ずつ貼った。一枚じゃ見えなくなるかもしれないからだ。ねえちゃんはゴミ袋に関しては寛容だったが、カルラがテレビを手荷物にすると聞いたときには断固とした態度をとった。何万インチとかいうどでかいタイプではなかったが手荷物の棚には入らないので、置いていくしかない。カルラは理解できないふりをしてもう一度頼みこんだが、ねえちゃんはカルラと目も合わせないで俺らのチケットを付添いのおまわりに手渡すと、お次の方どうぞ、と後ろの客に声をかけた。

テレビはおまわりに進呈した。テレビを背負って出国ゲートに入るわけにはいかなかったので、片方のおまわりが贈物を車に置いてくるまで待たされた。にこにこ笑って俺の背中をとんとんと叩いたりしたくせに、俺らのことを待合室に突っ込んで、最後に店をぶらぶら見て回ることも許してくれなかった。出ていく段になっても、島は俺らに何も返礼をよこすことはなかった。

初めての帰郷の日のことはこれまで何度も想像してきたが、おまわりのエスコート付きってのは思い描いたことはなかった。よく考えてみりゃ、じゅうぶんあり得たことなのに。これでよかったんだろうか。出発のときも到着のときもおまわりの出番はないというほうの、もう一つの選択肢を選ぶべきだったのかもしれない。事の次第がわかれば、カルラは激怒するだろう。行く先もわからないままであれば、まだ希望はあったのに。今の俺はギロチン台に向かって歩いている人間の心境だ。作り笑いをして、チビにちょっかいを出す。こんなに小さいのに、いろんなところに行かせちゃったな。パパと面会だよ、ってこの子を牢屋まで来させることにはなりませんように、と願った。手錠をかけられてギロチン台に向かってる男の願いにしては滑稽だな。ああ、俺はまたしゃべりすぎた。いろんなことを考えたりせずにじっと黙っていりゃあ、何かが起きて、今頃こんなところにはいなかったはずだ。俺の一番の問題は、学んだことをすぐ忘れるってことだ。ああ、そういうことか、と毎度毎度驚いてるんだからな。ニワトリ並みだ。

　気持ちをあげようと、飛行機のことを考えることにした。ガキの頃から雲に乗って旅をしてみたかったんだ。高いところが怖いとか言うやつの気がしれない。高けりゃ高いほどすかっとする。ちょうどそんなことを考えていたからなのか、それともただ時間が来たからなのか、いよいよ搭乗に呼ばれた。飛行機の中は思ったより狭かった。地下鉄みたいだ。ただ、地下鉄より椅子がたくさんあり、窓が小さい。レンジで温めた牛肉のにおいがする。おまわりたちは乗務員によろしく頼むと言うと、俺らには挨拶もしないで出ていった。乗務員のねえさんたちは感じがよくて、リュックをしまってくれたり、ベルトの締め方を教えてくれたりして、俺らのことをくにできちんと教育を受けた人間みたいに扱ってくれた。これだよ、こういう人たちに会いたかったんだ。俺らの目を見て、わかる言葉で話してくれる人たち。

　俺らみたいな人間がほかにもいるか周りを見てみた。みんな普通の客に見える。とはいえ、俺らだって別に首から「犯罪者」って札をぶらさげているわけじゃない。もしかして、この飛行機は人殺しだらけなのに、お互いに気づいていないだけかもしれない。それならその方がいい。それでも、俺の後ろの席に頭のいかれたやつが座っているんだとしたら一応教えておいてほしいとは思う。のんびりと座っているところを、突然雲の上で襲われたらたまらんからな。おねえさんを呼んで、俺らみたいな人間はほかにもいるのかと一応訊ねてみたら、はい、いらっしゃいますよ、お客様のほとんどがくにの方です、と言われた。これ以上余計なことは訊かないでおこう。カルラはまたしくしくと泣いていた。

操縦室にいる野郎が自己紹介を放送していると、エンジンが動き出し飛行機が後ろに下がろうとしているのにできていないのがわかった。何度か下がろうとしていたが、突然どすんと大きな音がして止まった。おねえさんたちがキャビンに駆け込んでいく。何かクソみたいなことが起こったのに、ここの人間はだれも客の気持ちを鎮める一言も言えんのか。通路に首を伸ばして、扉のあたりに人だかりができているのを確認する。こういう騒ぎが毎回起こるってんなら俺はごめんだ。ここに残る。ブタ箱に行った方がましだ。いいきっかけかもしれないな。静かに牢屋に繋がれて、そのままあの世行きになるかどうか見極めるのもいいかもしれない。

人だかりはどんどん大きくなるっていうのに、操縦室の野郎はまたマイクを握って、心配ありませんとぬかしやがった。タラップが作動せず扉と離脱しませんでしたが、よくあることでご心配には及びません、間もなく離陸を再開します、だと。この男、ふざけてるのか。カルラに、おい、出ようと言ったが、立ち上がった瞬間に声をかけられた。お客様、お席におつきください。いやいや、と思ったが、その声にはさっきほどの親しみがなくなった気がして、俺はもう一度腰を下ろした。気が変わったことをなんとか伝えようとする。やっぱり残ることにした、と。ただ、おねえさんには「やっぱり」も何もなく、お客様のお荷物はすでに荷物置き場に収納されてございます、それをまた取り出すのは非常に手間がかかり、離陸時間がさらに遅れることになってしまいます、と言われた。だけど、と言いかけたときカルラに引っ張られてまた座った。

あんたいったいどうしたのよ　カルラはいらいらしていた
何がだよ　タラップもうまく外せないやつが　これを向こうまでうまく飛ばせると思ってんのか?
タラップが外れなかったのは操縦する人のせいじゃないでしょ
それでも、これはサインなんだよ
いいかげんに黙って　静かにしてなよ
このままじゃ大変なことになる
帰ろうと言ったのはあんたでしょ
考えを変えちゃいけないのか?
だめ

タラップくっつけたまま　飛べると思ってんのか
飛び立つ前に　取るでしょ
穴は？
穴って？
穴があいただろ
何か問題があったら飛ばないでしょ　そう思わない？
やつらにはパラシュートがあるが　俺らにはないってこと知ってるか？
あるに決まってるでしょ　ほら　お姉さんが見せてるじゃない
あれはただのベストだ
救命具なら同じことでしょ

俺は口を閉じた。飛行機はまた後方に下がりはじめたが、カルラにもうちょっと手を握る力をゆるめてくれない、と言われたときには返事もできなかった。もう片方の手は脚の下にぎゅっと突っ込み、窓の外は見ないようにする。飛び立つのを拒んでいるかのごとく飛行機はゆっくりと動いている。これから裁きを待つ罪人のような歩みで俺らを乗せた飛行機は滑走路を進み、少し止まってはまた動き出す動作を繰り返す。翼をつけたバスでく、にに帰るかのようだ。十五分か二十分ほどすると飛行機はぴたりと止まった。窓からおそるおそる外を覗くと、ほかの飛行機が次々と俺たちの横を通り過ぎていくのが見えた。遠くまで列は続いている。集団で列をなして崖から飛び降りていくネズミたちを思い出した。俺らはみんな空飛ぶネズミに乗ってるんだ。一匹、また一匹と、空へと飛び立っては次々に落っこちて粉々になる。空を飛ぶということは自由意志で人間が選び取る最悪の拷問なんじゃないだろうか。

いざ飛ぶ番が回ってきたときには俺はすっかり眠り込んでいて、はっと目が覚めた時にはもう外には何も見えなかった。俺たちは空の真ん中で止まっていた。エンジンの音すら聞こえない。最悪だ。ぎゅっと目をつぶり、もう一度夢の世界へと戻ろうとがんばったが、無理だった。眠ろうとすればするほど、飛行機が空を漂い、次第に高度を下げ、なすすべもなく山に激突するイメージが浮かんでくる。カルラにあのベストを着とけ、と言ったが、相手にもされなかった。それよりテーブルをおろして、食事が出るんだから、などとほざく。飲み物は何を頼むの、という問いには返事もしなければ動きもしなかった。黙って静かにしている方が、この自殺体験コースを無事にやり過ごせるような気がしたからだ。いつなんどきこの低血圧がぐっとあがって高血圧にとって代わるかしれない。その時はどれだけ苦しいんだろう。そんなこんなで、座席を蹴飛ばしつづけているチビにやめなさい、と注意すべきだとわかっていながら、それすらできなかった。通路の奥でさっとカーテンが閉まった。ショーはこれでおしまいってことだ。俺はぎゅっと目をつぶり、その時を待った。

目が覚めた時には飛行機はすでに着陸態勢に入っていた。がたがたと揺れ、コマみたいにくるくる回る。生まれて初めて、心から神に祈った。知っている限りの祈りの言葉を唱え、神に許しを乞うた。もう二度としません、あなたを殺そうなんてことは考えることもいたしません、前に一度やったみたいに今度もお願いだから復活してください。野郎はなんにも答えなかった。俺はたった一人で苦しみにのたうちまわるしかなかった。飛行機は高度を下げ、翼を上下させている。気をつけないと洗濯物でもひっかけそうだ。建物や街灯のあいだをぬってジグザグに飛んでると感じるうちに、目の前にビニール袋が何枚も舞い上がった。すると床下から異様な音がして飛行機は滑走路にまっすぐに突っ込んでいった。神のおかげで滑走路が空いていてよかった。そう、神に話を戻せば、車輪が地面についた途端に俺の復讐心に火がついた。アーメンとつぶやくべきだが、あの野郎、今に見てろよ、と言っていたのだ。

俺の目からは涙が次から次にこぼれ落ち、手が自由に動くようになるなり、カルラとチビを抱きよせた。二人が無事で俺の隣にいてくれて、なんて幸せなんだ。俺らはみんな、かすり傷一つなく陸地に降り立ったんだ。乗務員の偉いのが、警察の方がお見えになるまでここでお待ちください、と言いに急いでやってきた。カルラは状況が呑みこめず、何、どういうことなの、と言ってくる。騒がれないように、そういうもんなんじゃないかなと言ってごまかした。特別扱いってことかな、と。実際のところ、これは嘘じゃない。

乗客がすべて降りてからようやく俺たちは呼ばれ、タラップを降りたところで明かりをくるくる回して停まっている小さい車に乗り込むようにと言われた。俺たちを待っていたのは車だけじゃない。一歩外に出ると、たちまちく〻の熱気とピーカン晴れの空からまっすぐに照りつける光に包まれた。空には島みたいなどんよりした雲は一つもない。慣れ親しんだ匂いがする。揚げ物の匂いだ。やたらにこにこした制服姿のねえちゃんがそわそわしながら俺たちの方に近づいてくる。この時間はちょうど入管当局の一番忙しい時間にあたるものですから、だれも持ち場を離れることができなくて、と説明しだした。ここではよくある「手違い」ってやつだ。要するに、普通だったらここで俺を待ち構えているはずの警官に七十二時間前に通達しておくべき時間外勤務命令の知らせが届いてなかった、ってことらしい。いずれにせよ、これから空港のしかるべき場所までお連れしますので、そこでこれからのことがわかるはずです、だと。

聞いてもいないことをべらべらしゃべりやがって。いや別に警官の出迎えを受けたかったわけじゃないが。警官なんてこれからいくらだって好きなだけ会えるんだから。カルラの怒りに燃える視線を避けて俺は横を向いた。カルラもこのねえちゃんの前で爆発するってことはないだろう。

ねえちゃんの後について、俺たちは苦労しいしい階段を降りた。鞄とチビを抱えて低い段差を降りるのは骨が折れる。転げ落ちそうになった。おかげで最初の一歩を右足にできなかった。縁起でもない。これから一つ奇跡が必要だっていうときに。ねえちゃんは車内でも、チビの頭をなでたり、何がおかしいのかずっとにこにこしている。よい旅でしたかだの、時間はどれくらいかかったんですかだの言っていたが、結局は島での暮らしはどんな感じかを訊きたかったらしい。部屋を借りるのは、牛乳は、バスの定期は、いくらかかるんでしょうか、あっちでアーティストになる勉強をするために、一生懸命貯金をしているんです、だと。そこで、俺らはみんなアーティストだ、それにあっちの暮らしはまじで高くつくと教えてやった。今よりさらに貯金に励むべきだが、島に渡るのは考え直した方がいい。あっちで仕事がすでに決まってるってんなら話は別だ。給料は悪くないはずだが、年金に響くようなドジを踏まないように気をつけたほうがいい。それに、島でアーティストになるってのはどうなんだろうねえ、あっちではアーティストなんて会ったことも聞いたこともないと俺が話してやっていると、カルラが割りこんで来た。行きなさい、明日にでも行きなさいな、島の女みたいになることをあきらめちゃダメ、あっちではみすぼらしい格好をしている人なんていないし、ほらふきの旦那をしょい込んでいる人もいないんだから、それに島では女性も偉くなれるよ、役職についている人もいっぱいいる、何もかもが進んでるんだよね、だと。俺はその憎まれ口は無視して、カルラとは無関係の人間なんだってふりをした。と、そのとき、すでに間違った選択をしているとすれば、今すぐにでも、わけのわからない選択肢を選ばなきゃならないんだってことを思い出した。そうやって警察の手から逃れなきゃならない。

　ああ、帰ってきたんだな、という気分にすぐになれないのはなぜなんだろう。書いてあるものは全部読めるし、耳に入ってくる会話も理解できる、それなのにこの空気のどこかに違和感がある。くにが変わっちまったみたいだ。みんなの様子が違う、昔よりのろくさいし顔つきも暗い。目に映る何もかもがしょぼい。清潔ではあるが、時代遅れだ。ときどきニュースなんかで観る、問題のある地域と同じ雰囲気。これは俺が胸に温めていたくにじゃない。特にこの空港はひどい。島の空港と比べると、ふざけてんのかと言いたくなる。ガードマンですら、どっかのアルバイトじゃねえかと思える。

　帰るときには友だちが勢ぞろいで出迎えに来てくれると、ずっと思っていた。そのまま歓迎会、みんなに驚きと称賛のまなざしで見つめられる。サッカー選手みたいにファンの大群とテレビが待ち受けてるなんて思ったことはない。だけど、これほど雑魚扱いされるとは思っていなかったんだ。だって、俺たちは外に出て、だれの助けも借りずに数か月生き延びてきたんだぜ。トップニュースにはならないだろうさ、でも、たいしたことじゃなくても、それなりの扱いがあってもいいじゃないか。せめておまわりがいなかったら、格好もついたのに。何事につけ、簡単に善悪を決められるものなんてない。いつだってどっちもどっちなんだ。それでも、いくらか感嘆のまなざしでこっちを見てくる人がいるのを感じていた。旅慣れて見えるのかな。制服に身を包んだ女性に先導されて歩いている人間なんてほかにいないもんな。パスポート審査もなし、VIPっぽいな。これからお縄になるやつに入国審査は必要ないらしい。無料の飛行機代に次いで、最後の特典ってとこか。

ねえちゃんは笑顔を絶やさず、俺らの荷物の数を聞き、台車は一台でいいか、それとも二台いるかと気遣ってくれる。大丈夫、自分で取りに行くからと言って、俺は三十秒間だけ一人になれた。カルラは相変わらず頭から湯気を立てて一触即発状態で、少し距離を開けなきゃ今にも爆発しそうだった。荷物を受け取ったら、お次は警官のところに行くのかと考えていたら、携帯電話からメール受信の音がした。画面に封筒の絵が出ている。見なかったことにしようとしたが、無理だった。携帯を開いて、逃したのはどんな仕事だったのかを確認した。他のだれかのポケットにいくら入ることになるのか、人生を一変させたはずのどんなチャンスが俺の隣を通り過ぎて、空中で弾けて散らばって、ひゅるるると音を立てて地に墜ちていくのかを知りたかった。だが、答えは結局わからずじまいだった。メールは島の言葉で書いてあったからだ。カルラには黙っておいた。ほんの数日前には一人の男の救済となったものも、今は何の役に立たない。それでも、この俺はまだ携帯を後生大事に握りしめているんだ。

　荷物はいくら待っても出てこず、とうとうほかの乗客はだれもいなくなってしまった。ねえちゃんは真っ赤になって、おかしいですねとそればかりを言っている。この空港は優秀だと国際的な賞も受賞しているのに、と。それなら、やっぱりわざわざ島に渡ることもないよとねえちゃんには言ってやった。一等賞の冠がある会社に職を得るなんて、人生でそう何度もできるもんじゃないぜ。

　鞄が遅いのは当然だ、くにが俺らを歓迎しているんだと俺は言った。ねえちゃんは、そんなことありません、ちょっとここでお待ちください、と言い出した。どうしたのか裏を見てきますから、と。島でほとんどすべてを失ってきたのに、わずかに残った物が今またどこかに流れていこうとしている。俺らの手が届かなかったのか、それともその反対だったのか。たぶん、俺らの人生の四十キロがほかの持ち主を求めていたのだろう。中身はなんであろうと、あのガラクタのせいでもう一度捕まるなんて俺はごめんだ。自由だ。自由になるなら今だ。カルラが呼び込んだツキはこれだったんだ。荷降ろしの係のやつらは、外国から来た真新しいスーツケースを見て手を出さずにはいられなかったんだろう。ばれないように、同じ便のシールがついているほかの鞄は全部ベルトコンベアーに載せたんだ。カルラには何も言わなかった。これ以上カルラの鼻を高くさせてやる必要もないし、あのスーツケースを思い出させれば、これからは必要もない買い物をしなくなるだろう。

カルラが俺に飛びついて首を絞めにかかったが、俺はその間にも出口には見張りがいないことを確認していた。黙って俺についてこい、と低い声で言ったが、カルラは相変わらず俺の喉をぐいぐい絞めてくる。俺は閉じた歯の間から、同じことをもう一度言った。この後何度でも俺のことを殺してくれてかまわないから、今だけは黙ってついてきてくれ。カルラは即座に、冗談じゃない、と言った。あたしの荷物を置いてけってての。まだ首を絞められながらも、何もかもを捨てて、代わりに俺だけを選んでくれないか、と言うと、カルラは俺の首から手を離した。カルラは何もないままぐるぐる回るベルトコンベアーを見ていたが、俺がぐっと手を引っ張ると、もう一方の手でチビの手をしっかりとつかんで俺についてきた。

俺は下顎をつきだし、眉毛を逆立てて、荷物が出てこなくて頭に血が上った男のような顔を作って、緑色の通路を進んでいった。税関で申告するものなんて持っていないのはどここから見ても明らかだ。出口に向かうスロープを降り、右に曲がる。激怒している顔を忘れずに続ける。出迎え場所で足を止めたが、さっきのねえちゃんが、機関銃だの飛行機だの戦闘車だの潜水艦だのを従えた軍隊を引き連れて追ってくる気配はない。このまま逃げられることはわかったが、次にどうすればいいかわからない。俺に輪をかけておっかない顔をしたカルラがこの先に何が待ってるのかと訊いてきた。答えなんかない。捕まらないためにはどうすりゃいいのかしかわからないんだから。警察車両じゃない乗り物に乗ってここを出られたらばんばんざいだ。決断は先送りにすることにする。後に捨ててきたガラクタのことを思う。後から買い戻せないのは写真だけだ。それもそんなに多くはない。がんばれば、どんな写真だったのか後で文章に書き起こせるだろう。カルラにも手伝ってもらえばいい。そういう点に関しては、カルラのほうが俺よりずっと優れてるんだから。そのとき、そういえば、俺がこっちで捕まらなければあの島の警官は飛行機代を返してもらえないんだったと思い出した。野郎、激怒するだろうな。いい気味だ。この逃亡劇の連帯責任を取らされて、あの通訳もクビかもな。

何かいい考えが浮かぶかと周りを見渡す。と、警官の姿が見えた。ぼんやりと周りを見回しながら、顔を真っ赤にしているねえちゃんと一緒にいる。あの娘もクビかな。それはちょっと気の毒だ。と思う間もなく、やつらは俺を見つけ、走り出した。逃げるぞ、カルラに言う。ここでやつらをぼんやり待つことはないんだ。お前は右に行け、俺は左に行く。いや、俺はこっちの右に行くからお前はあっちの右に行け。いろいろ言うと、カルラの頭がよけいにこんがらがった。ここでカルラにいいことを言って別れを告げようとした。あれが、本当にカルラのため、息子のためにすべてを犠牲にしようとした瞬間だった。自分が大きく、熱くなった気がした。悪の軍団を、というかこの場合は三人のおまわりと守衛サービスの係員を一人、一気になぎ倒すこともできそうだ。

今は戦いの時じゃないぞ　と俺が俺に言う
じゃ　どうしろってんだよ？
クソみたいな考えは捨てて　男としての決断を下せ
家族のために命を捨てるよりも　男らしいことってなんだ？
だれも死ぬもんか　そんなのは男らしさじゃない　ただの阿呆だ
阿呆よばわりしても　今はなんにもならんだろ
じゃあ　行けよ
行けって　どこに？
馬鹿か

そういうのはやめろって言っただろ

俺と俺がぐちぐちとやりあっていることは知らないカルラが活を入れて、行くよ！　と怒鳴った。うちの女房が戦闘モードに入るとだれも太刀打ちできない。阿呆面した旦那も例にもれず。カルラは腰にチビをがっちりと抱え、走り出した。俺も慌てて後について、出発直前のバスに飛び乗った。運転手が走ってくる俺たちをバックミラーで見て、一度閉めた後方のドアをまた開けてくれたのだ。これだよ。この鷹揚さ、これでこそ俺のくにだ。

あいつら追ってくるぜ　物事は悪いほうにしか流れないと信じている俺は言った
また逃げりゃいいじゃん
逃げても　また道に迷うかも
迷わないよ
どこに向かっているかも　わからないのに
わかってる
どこだ？
ここから遠いところ

それはどこにあるんだ？
遠いところって言ったでしょ
止まるのはどこだ？
どこでも　好きなところで

訳者あとがき

もしも、言葉がまったくわからない外国の都会で夜中に道に迷ったら、という事態を想像したことはあるだろうか。手元の金も心細いうえに子連れで、歩けば歩くほどそこがどこなのかわからなくなったとしたら……。本作『死んでから俺にはいろんなことがあった（原題“Muitas coisas aconteceram-me depois de morrer”）』は、まさにその恐怖を実体験させられる小説である。しかも、主人公はおいそれとは他人に助けを求められない不法移民だ。

主人公は「くに」でなんらかの過ちを犯し、「島」に妻と子どもと不法入国してひっそりと暮らしている。妻のカルラはなんとか仕事を見つけたが、主人公は仕事の声がかかるのを期待して、幼い息子の面倒を見ながら一日中携帯メールを確認するだけの日々を過ごしている。そんな一家が、ある日曜日、いつものように街に出て買い物をした帰りに乗った地下鉄が故障で止まってしまい、右も左もわからない場所で降ろされてしまう。主人公はなんとか家にたどり着こうとあれこれ画策するが、やることとなすことすべてが裏目に出て……。

落ちこぼれ人生を歩んできた主人公の想像力はたくましく、かつ素っ頓狂で「まさかそんな」という行動に出る。だが、常に彼は真剣そのもの。あっちこっちに飛び火する彼の思考についていくうち、「よそもの」としてだれと触れ合うこともなく暮らす日々の孤独を私たちは知っていく。

「俺は存在していない。だが、死人のまま生きるのに慣れることなんてできやしない」（29ページ）、本作のタイトルにある「死んでから」という言葉は、実際の「死」ではなく社会的な「死」を意味している。

本作の作家、リカルド・アドルフォは一九七四年に、当時はポルトガル植民地だったアンゴラに生まれたのだが、翌年、アンゴラ独立戦争の影響で家族ともどもポルトガルに移った。同じ頃、ポルトガルの植民地であった他のアフリカ諸国も次々に同じく独立を果たしたため、入植していた大勢のポルトガル人が本国に帰還している。「帰還」とは言っても、すでにアフリカでしっかりと暮らしを築いていた人が多く、彼らはポルトガルで住む場所がすぐには見つからなかった。アドルフォの家族が住まいを得たのも同じような帰還組が多く暮らす首都リスボンの周縁の街区だった。その後、幼少期の数年をマカオ（当時はポルトガルの植民地）で過ごした後、小学校から大学までの教育はポルトガルで受けたアドルフォは二十代半ば以降はアムステルダムとロンドンで暮らし、二〇一二年に来日。以来、現在も東京に暮らしている。

高校を終える頃から自分は書くことが好きだと自覚しはじめたというアドルフォだが、実際に「書きたい」という衝動を得たのは二十五歳くらいだった。短篇をぽつぽつと書き溜め、あちこちに送った結果、ポルトガルの大手出版社の編集者の目に留まり、二〇〇三年に短篇集『すべてのチョリソーは焼かれるためにある』でデビュー。その後、都市周縁に住む貧しい若者たちのハチャメチャな暮らしぶりを描いた自伝的な長篇『ミゼー』（二〇〇六年）を発表し、さらに一本の長篇を執筆した後、長篇第三作として二〇〇九年に本作が出版された。

ポルトガルは移民の国である。一九三〇年代から一九七四年まで四十年以上にわたる独裁政権を敷いた政府は国民に「清貧」のモットーを押しつけ、多くの人が貧しい生活を余儀なくされていた。そうした暮らしに耐えかねた人々は一財を成す夢とともにアフリカの植民地や別大陸、あるいはヨーロッパの他国に移民した。移民先での劣悪な労働条件や貧困を乗り越え、しっかりと貯えを携えて帰国し、故郷で商売を始めたり、大きな家を建てたりする幸運な人達もいた。ところが、そうした人々には、今度は別の苦労が待っている。子どもたちは母国の言葉がおぼつかなくなったり、やっとの思いで帰郷をしても成金扱いされて地域に溶け込めなかったり……という話は、本作の中にもちらりと出てくる。移民たちの苦労話は自分の周辺にもごろごろあったのに、それを正面から描く作家がいないことが不満だったとアドルフォは話す。

本作の主人公も憎めないキャラクターではあるが、彼も無意識ながら（そして「島」で自身も排除されているというのに）様々な偏見と誤った常識にからめられているることもしっかり描かれている。彼が「島」までやってきた理由、「島」でのカルラの仕事、彼の脳内を行き過ぎていくさまざまな情景、彼を突き動かす衝動、それらの背景にあるものを考えずにはいられない。

マルコ・マルティンス監督とタッグを組み、近年は映画やドラマの脚本家としても活躍するリカルド・アドルフォであるが、小説でも映像でも一貫して語られるのは社会の底辺で苦しむ人々の現実である。映画「聖ジョルジェ」（二〇一六）では金に困った元ボクサーがやむなく借金取りの仕事を始めて暴力の深みへとはまっていく物語であり、最新作の「グレート・ヤーマス」（二〇二二）では英国の食肉工場で働くポルトガル移民の過酷な姿を赤裸々に描いた。

本作は、原作が発表されたのが二〇〇九年（主人公が首を長くして待つのが「携帯メール」という点に時代を感じる）で、出版後まもなく本作を読んだ私は、面白い本だが、日本ではまだ移民問題は一般的には認知が薄いので理解はされないのでは、という感想を持ったことを記憶している。だが、あれから十数年の時を経て、日本でも外国人労働者の姿を見かけるのは日常となった。本作では、ドタバタの喜劇仕立てで、貧困、移民、人種差別、宗教、家父長制などへの疑問を正面からまっすぐに投げかけている。初めて読んだ時からだいぶ長い時間を経てようやく日本語にすることができたが、今であれば多くのことを身近に感じて読んでいただけるかと思う。

なお、リカルド・アドルフォの作品は、東京で「ガイジン」として暮らす彼の体験を活かして書かれた『東京は地球より遠く』（二〇一五年）から、三つの掌編が拙訳にて短篇集『ポルトガル短篇小説傑作選　よみがえるルーススの声』（二〇一九年、現代企画室）に収録されている。日本人には痛い所を突いてきて、「よそもの」の孤独と日常に転がるおかしみを見逃さないアドルフォの感性が冴えわたるこちらの作品も、ぜひ併せて読んでいただきたい。こちらでも、本作と同じく自分の故郷を「くに」、移住先を「島」と呼んでいるが、「くに」のほうはポルトガル語では terra といい、「故郷」

「大地」「地球」など多くを含有する言葉であり、移民先が島国であるのに対して自分は大陸出身であることも示唆している。

正当なスペリングをまったく無視して、耳に聞こえるままに単語を綴って文章を連ねるうえにスラングだらけ、というのがアドルフォのスタイルである。実際、理解するのにも翻訳するのにも苦労が多かったが、そうした疑問にリカルド・アドルフォは一つ一つ丁寧に答えてくれた。本書の出版を引き受けてくださった書肆侃侃房の編集者の藤枝大さんとスタッフのみなさんにも御礼申し上げる。ありがとうございました。

木下眞穂

二〇二三年の終わりに

■著者プロフィール

リカルド・アドルフォ（Ricardo Adolfo）

1974年にアンゴラに生まれるが、アンゴラの独立により幼少時にポルトガルに帰国。2003年に短編集『すべてのチョリソーは焼くためにある』でデビュー。初長編『ミゼー』はポルトガルでベストセラーとなる。『東京は地球より遠く』（2015年）では日本で働く外国人のサラリーマンの目から見たおかしな日本の日常を描いた。同書からは2019年刊の『ポルトガル短篇小説傑作選　よみがえるルーススの声』（現代企画室）に3篇が収録されている。ドラマや映画の脚本の執筆や絵本も発表するほか、広告界でも国際的に活躍している。2012年より東京に在住。

■訳者プロフィール

木下眞穂（きのした・まほ）

上智大学ポルトガル語学科卒。ポルトガル語翻訳家。訳書に『象の旅』（ジョゼ・サラマーゴ）、『ブリーダ』（パウロ・コエーリョ）、『忘却についての一般論』（ジョゼ・エドゥアルド・アグアルーザ）、『エルサレム』（ゴンサロ・M・タヴァレス）など。『ガルヴェイアスの犬』（ジョゼ・ルイス・ペイショット）で2019年に第5回日本翻訳大賞を受賞。

死んでから俺にはいろんなことがあった

2024年2月24日第1刷発行

著者　リカルド・アドルフォ
訳者　木下眞穂
発行者　池田雪
発行所　株式会社 書肆侃侃房（しょしかんかんぼう）
〒810-0041 福岡市中央区大名2-8-18-501
TEL 092-735-2802　FAX 092-735-2792
http://www.kankanbou.com
info@kankanbou.com

編集　藤枝大
ＤＴＰ　黒木留実
印刷・製本　モリモト印刷株式会社

ISBN978-4-86385-603-5　C0097